Maigret e o ladrão preguiçoso

Livros do autor publicados pela L&PM Editores:

Todos os contos de Maigret – vol. 1
Todos os contos de Maigret – vol. 2

Coleção **L&PM** POCKET:

Romances com o inspetor Maigret:

A barcaça da morte
A fúria de Maigret
A louca de Maigret (inédito)
A noite da encruzilhada
A primeira investigação de Maigret
A velha senhora
As férias de Maigret
As testemunhas rebeldes
Maigret e a morte do jogador (inédito)
Maigret e o homem do banco
Maigret e o ladrão preguiçoso (inédito)
Maigret e os homens de bem
Maigret e o mendigo (inédito)
Maigret e o negociante de vinhos (inédito)
Maigret e o sumiço do sr. Charles (inédito)
Maigret e os crimes do cais (inédito)
Maigret e seu morto
Maigret em Nova York
Maigret se diverte (inédito)
Memórias de Maigret (inédito)
Morte na alta sociedade
O amigo de infância de Maigret (inédito)
O assassino sem rosto
O cão amarelo
O caso Saint-Fiacre
O enforcado
O medo de Maigret
O mistério das joias roubadas
O porto das brumas
O revólver de Maigret (inédito)
Os escrúpulos de Maigret (inédito)
Um engano de Maigret
Uma sombra na janela

Outros romances:

A fuga do sr. Monde (inédito)
Ainda restam aveleiras
Sinal vermelho (inédito)

Georges Simenon

Maigret e o ladrão preguiçoso

Tradução de Paulo Neves

www.lpm.com.br

L&PM POCKET

Coleção **L&PM** POCKET, vol. 768

Título original: *Maigret et le voleur paresseux*

Primeira edição na Coleção **L&PM** POCKET: maio de 2009
Esta reimpressão: outubro de 2009

Tradução: Paulo Neves
Capa: Ivan Pinheiro Machado. *Foto*: © Jean Schweitzer / Shutterstock Images
Preparação: Jó Saldanha
Revisão: Lia Cremonese

CIP-Brasil. Catalogação-na-Fonte
Sindicato Nacional dos Editores de Livros, RJ.

S599m

Simenon, Georges, 1903-1989
Maigret e o ladrão preguiçoso / Georges Simenon; tradução de Paulo Neves. – Porto Alegre, RS: L&PM, 2009.
160p. – (Coleção L&PM Pocket ; v. 768)

Tradução de: *Maigret et le voleur paresseux*
ISBN 978-85-254-1879-1

1. Ficção francesa. I. Neves, Paulo. II. Título. III. Série.

09-0958. CDD: 843
CDU: 821.133.1-3

Rua Comendador Coruja 314, loja 9 – Floresta – 90.220-180
Porto Alegre – RS – Brasil / Fone: 51.3225.5777 – Fax: 51.3221-5380

Pedidos & Depto. Comercial: vendas@lpm.com.br
Fale conosco: info@lpm.com.br
www.lpm.com.br

Impresso no Brasil
Primavera de 2009

SOBRE O AUTOR

Georges Joseph Christian Simenon nasceu na cidade belga de Liège, em 12 de fevereiro de 1903, filho de Desiré Simenon, contador de uma companhia de seguros, e Henriette. A família era católica, e o comparecimento a rituais da Igreja foi uma constante na infância do autor. Christian, filho mais novo do casal, era o preferido de Henriette, enquanto Georges venerava o pai, um homem paciente que não desperdiçava palavras. Era adolescente quando Liège foi ocupada pelos alemães durante a Primeira Guerra Mundial.

Ainda na juventude do autor, seu pai adoeceu gravemente do coração. Georges abandonou a escola e começou a trabalhar. Passou por vários empregos, até que, em janeiro de 1919, foi admitido como office-boy no *Gazette de Liège*, sendo posteriormente promovido a repórter. Escreveu sob vários pseudônimos, até chegar ao nome de Georges Sim, que usaria por doze anos. Na atividade jornalística adquiriu várias habilidades que muito lhe valeriam na carreira de romancista: escrever rápido e respeitar prazos. Paralelamente ao trabalho, nesse período Simenon aplicou-se no estudo de medicina forense. Também nessa época começou suas primeiras experimentações literárias e conheceu Régine Renchon, a quem apelidou de Tigy, sua futura mulher.

Seu pai morreu em 1921, e, após cumprir o serviço militar, Georges mudou-se para Paris, em 1922, onde se sustentou graças ao salário como secretário particular. Nos anos seguintes, ele se estabeleceria como autor de literatura *pulp*, além de freqüentar artistas da cena francesa, como o cineasta Jean Renoir, de quem se tornou amigo, e a cantora americana Josephine Baker, de quem foi amante. Já nessa época estava em gestação aquele que se tornaria um dos mais famosos personagens da literatura ocidental, o inspetor Jules Maigret.

Entre 1929 e 1930, Simenon escreveu sob pseudônimo vários textos que prenunciavam o surgimento da série em que o comissário da Polícia Judiciária francesa desvenda uma série de crimes. Os anos de 1930 e 1931 foram dedicados à redação dos romances que comporiam a série Maigret e que seriam publicados já com o nome do autor, pela editora francesa Fayard a partir de 1931. *Pietr-le-Letton* (*O assassino sem rosto*) foi o primeiro desses romances a ser escrito, mas *Monsieur Gallet, décédé* foi o primeiro a ser publicado, obtendo sucesso imediato, como os demais livros que se seguiriam. Todo o universo e a ética de Maigret já estavam estabelecidos nos primeiros livros da série. As histórias protagonizadas pelo inspetor Maigret – parisiense, fumante de cachimbo, usando sempre um sobretudo de gola de veludo e chapéu – compõem uma categoria *sui generis* da literatura policial: o êxito junto ao público deve-se menos ao enredo e à descoberta do mistério do que o misto de ceticismo e esperança com o qual o taciturno Maigret vê a sociedade – visão psicológica que é a principal arma desse humanista no combate contra o crime. Com o passar dos anos, a composição dos personagens secundários se tornaria mais complexa e o tom dos romances, mais filosóficos.

Em 1933 já havia escrito seis romances em um estilo diferente do que praticara até então, que ele chamou de *roman durs*: romances que não necessariamente giram em torno de um crime e que se apóiam, sobretudo, na riqueza psicológica dos personagens. A essa altura a família já estava vivendo na propriedade em La Rochelle, na costa oeste da França.

Em 1945, Simenon – já com problemas de coração –, Tigy e o filho do casal, Marc, deixaram a Europa em direção à América. Lá, ele conheceu Denyse Ouimet, que se tornaria sua segunda mulher. Em 1953, nasceu Marie-Jo, a única filha do autor, que acabaria se suicidando em 1978. Em 1955 a família retornou à Europa, estabelecendo-se na Suíça.

A década que se seguiu foi turbulenta: Denyse sofreu de problemas psiquiátricos que a levaram à internação, em 1962, e em 1964 abandonou a recém-construída residência familiar, na cidade suíça de Épalinges. Em 1970, morreu a mãe de Simenon, com quem ele sempre tivera relações problemáticas, e nesse mesmo ano ele escreveu seu último *roman dur*, *Les Innocents*, além de *Maigret et monsieur Charles*, o último romance protagonizado por Jules Maigret. A partir de 1973, Simenon ditou e escreveu apenas livros de memórias, que, como seus textos autobiográficos, são vistos com reservas por muitos estudiosos de sua obra, no que diz respeito à veracidade dos fatos. Nos últimos anos, o escritor viveu recluso, fazendo aparições públicas apenas ocasionalmente, das quais a mais famosa foi a entrevista dada ao cineasta e amigo Federico Fellini, na qual afirmou ter mantido relações com 10.000 mulheres. Morreu aos 86 anos, no dia 4 de setembro de 1989, em Lausanne.

Simenon, no mais emblemático caso de proficuidade literária do século XX, é autor de mais de 200 romances (75 dos quais protagonizados pelo inspetor Maigret), 155 contos (30 com Maigret) e 25 textos autobiográficos. Esses números são apenas aproximativos, já que vários escritos foram publicados apenas em periódicos, sob até 29 pseudônimos. Dezenas de seus livros foram adaptados para a tevê, cinema e quadrinhos, e a sua venda mundial é estimada em 1,5 bilhões de exemplares, em mais de 50 línguas. Atestando a sua permanência literária e a excelência de sua ficção, foi recentemente eleito o segundo melhor autor de livros de mistério pelo jornal *The Times*, após Patricia Highsmith.

SUMÁRIO

CAPÍTULO I

Houve um ruído forte, agudo, não longe da sua cabeça e Maigret se pôs a agitar, entre aborrecido e assustado, um dos braços fora dos lençóis. Ele tinha consciência de estar na cama, consciência também da presença da mulher que, mais acordada que ele, esperava na obscuridade sem nada ousar dizer.

Durante alguns segundos, pelo menos, ele se enganou sobre a natureza desse ruído insistente, agressivo, imperioso. E era sempre no inverno, quando fazia muito frio, que se enganava desse modo.

Parecia-lhe que era o despertador que tocava, embora desde o seu casamento não houvesse mais despertador na mesa de cabeceira. A coisa remontava a um tempo distante, à infância, quando ele era menino de coro e ajudava na missa das seis da manhã.

No entanto, também ajudara na missa durante a primavera, o verão, o outono. Por que a lembrança que restou e lhe voltava automaticamente era uma lembrança de obscuridade, de frio, de dedos adormecidos, de calçados que, no caminho, faziam estalar uma película de gelo?

Ele derrubou o copo, como acontecia com freqüência, e a sra. Maigret acendeu a lâmpada de cabeceira no momento em que a mão dele atingia o telefone.

– Maigret... Sim...

Eram quatro e dez, e o silêncio, na rua, era o silêncio característico das noites mais frias de inverno.

– Quem fala é Fumel, senhor comissário...

– Como?

Ele ouvia mal. Era como se o interlocutor falasse através de um lenço.

– Fumel, do 16º...

O homem abafava a voz como se temesse ser ouvido por alguém numa peça vizinha. Diante da ausência de reação do comissário, ele acrescentou:

– Aristide...

Ah! Aristide Fumel. Maigret estava agora bem desperto e se perguntava por que diabos o inspetor Fumel, do 16º *arrondissement*, o chamava às quatro da manhã. E, ainda por cima, por que sua voz soava misteriosa, como que furtiva.

– Não sei se faço bem em lhe telefonar... Acabo de falar com meu chefe direto, o comissário de polícia... Ele me mandou entrar em contato com o Ministério do Interior e falei por telefone com o substituto de plantão...

Mesmo ouvindo só as réplicas do marido, a sra. Maigret já se levantava, buscava as pantufas ao pé da cama, vestia o robe forrado e se dirigia à cozinha, onde logo se ouviu o ruído do gás sendo ligado e da água enchendo a chaleira.

– Não sei muito bem o que fazer, o senhor compreende? O chefe de plantão me mandou voltar ao local e esperá-lo. Não fui eu que descobri o corpo, mas dois agentes de bicicleta...

– Onde?

– Perdão?

– Perguntei onde.

– No Bois de Boulogne... Route des Poteaux... O senhor conhece?... Ela dá na Avenue Fortunée, não longe da Porte Dauphine... Trata-se de um homem de certa idade... Da minha idade, mais ou menos... pelo que pude julgar, não tem nada nos bolsos, nenhum documento... Claro que não mexi no corpo... Não sei por que, me pareceu meio esquisito e resolvi lhe telefonar... Mas achei melhor o pessoal do ministério não saber desse telefonema.

– Eu agradeço, Fumel...

– Estou voltando para lá em seguida, às vezes eles chegam mais depressa que de costume...

– Onde você está?

– No posto da Rue da le Faisanderie... O senhor pode vir?

Maigret hesitou, ainda envolvido no calor da cama.

– Sim.

– O que vai dizer?

– Ainda não sei. Acharei um pretexto.

Ele estava humilhado, quase furioso, mas não era a primeira vez nos últimos seis meses. O bom Fumel nada tinha a ver com isso. A sra. Maigret, no vão da porta, recomendou:

– Agasalhe-se bem. Está um frio de rachar.

Afastando a cortina da janela, ele viu o orvalho congelado na vidraça. Os postes de luz a gás tinham uma luminosidade especial que só se vê nas noites muito frias, e não havia uma alma sequer no Boulevard Richard-Lenoir, nenhum ruído, apenas uma janela iluminada, defronte, certamente no quarto de algum doente.

Agora o obrigavam a dissimular! Eles, o pessoal do Ministério do Interior, todos esses novos magistrados recém saídos das grandes escolas, que haviam posto na cabeça organizar o mundo de acordo com suas idéias pequenas.

Aos olhos deles, a polícia constituía uma peça inferior, um pouco vergonhosa, da Justiça com maiúscula. Devia-se desconfiar dela, ficar de olho, deixar-lhe apenas uma função subalterna.

Fumel ainda pertencia à velha guarda, como Janvier, como Lucas, como uns vinte colaboradores de Maigret, mas os outros se acomodavam aos novos métodos e aos novos regulamentos, só pensando em prestar exames a fim de se graduar mais depressa.

Pobre Fumel! Esse nunca conseguira subir de posto porque era incapaz de aprender ortografia e de redigir um relatório.

O procurador, ou um de seus substitutos, fazia questão de ser o primeiro a saber, o primeiro a estar no local, em companhia de um juiz de instrução ainda sonolento, e esses senhores emitiam sua opinião como se tivessem passado a vida a descobrir cadáveres e como se conhecessem melhor que ninguém os criminosos.

Quanto à polícia, era encarregada de cumprir ordens.

– Você fará isso e aquilo... Prenderá tal pessoa e a levará ao meu gabinete...

– Sobretudo não lhe pergunte nada! As coisas devem ser feitas conforme as regras...

E regras é que não faltavam. O *Journal Officiel* publicava tantos textos, às vezes contraditórios, que até mesmo esses senhores se atrapalhavam, viviam no terror de ser pegos em falta e de dar motivo a ações de advogados.

Ele se vestiu, resmungando. Por que, nas noites de inverno, quando o despertavam desse modo, o café tinha um gosto particular? O cheiro do apartamento também era diferente, lembrava-lhe a casa dos pais na época em que ele se levantava às cinco e meia da manhã.

– Não vai ligar para o escritório pedindo que enviem um carro?

Não! Se ele chegar lá num carro do Quai des Orfèvres, corre o risco de ter que dar explicações.

– Telefone para o ponto de táxi...

Não lhe reembolsariam a corrida, a menos que fosse um caso de assassinato e ele descobrisse o assassino num prazo muito curto. As corridas de táxi só eram reembolsadas em caso de sucesso. E mesmo assim era preciso provar que não fora possível chegar ao local de outro modo.

A mulher lhe estendeu um grosso cachecol de lã.

– Está com as luvas?

Ele vasculhou os bolsos do sobretudo.

– Não quer comer alguma coisa?

Ele não tinha fome. Parecia contrariado, mas, no fundo, eram os momentos de que mais gostava, talvez os de que mais sentiria falta quando se aposentasse.

Desceu a escada e encontrou um táxi à porta, com o vapor branco saindo do cano de escapamento.

– Bois de Boulogne... Conhece a Route des Poteaux?

– Seria lamentável se eu não conhecesse, depois de 35 anos de profissão...

Era assim, afinal, que os veteranos se consolavam do envelhecimento.

As calçadas estavam cobertas de gelo. No caminho só cruzaram com uns poucos veículos, ônibus vazios que se dirigiam ao centro. Os primeiros bares ainda não estavam iluminados. Na Champs-Élysées, mulheres faziam a faxina dos escritórios.

– Mais uma garota que se deixou matar?

– Não sei... Creio que não...

– Eu estava pensando que ela não deve ter encontrado muitos clientes no Bois com um tempo desses.

O cachimbo também tinha um gosto diferente. Com as mãos enterradas nos bolsos, Maigret calculava que não via Fumel havia pelo menos três meses; no entanto o conhecia desde... mais ou menos desde o seu próprio ingresso na polícia, na época em que trabalhava numa delegacia de bairro.

Todos tinham pena de Fumel e zombavam dele. Primeiro porque era feio e seus pais tiveram a idéia de chamá-lo Aristide; depois porque, apesar do seu físico, vivia envolvido em dramas sentimentais.

Ele se casara, e a mulher partira depois de um ano sem deixar endereço. Ele moveu céus e terras para reencontrá-la. Durante anos, a descrição dela esteve no bolso de todos os policiais e gendarmes da França, e Fumel se precipitava ao necrotério toda vez que pescavam no Sena um cadáver do sexo feminino.

O caso virou lenda.

– Ninguém me tira da cabeça que uma desgraça aconteceu a ela e que era a mim que queriam atingir...

Um de seus olhos era fixo, mais claro que o outro, quase transparente, o que tornava o seu olhar incômodo.

– Vou amá-la por toda a minha vida... E sei que um dia a encontrarei...

Será que ele tinha a mesma esperança, aos 51 anos de idade? Isso não o impedia de periodicamente se apaixonar, embora a sorte continuasse a maltratá-lo, pois cada uma de suas aventuras trazia complicações inacreditáveis e acabava mal.

Chegaram mesmo a acusá-lo, aparentemente com razão, de proxenetismo, por causa de uma prostituta que zombava dele, e por pouco Fumel não foi expulso dos quadros da polícia.

Sendo tão ingênuo e pouco habilidoso nos assuntos pessoais, como se explica, porém, que fosse um dos melhores inspetores de Paris?

O táxi atravessou a Porte Dauphine, virou à direita no Bois e se pôde perceber a luz de uma lanterna de bolso. Maigret logo avistou algumas sombras à beira de uma aléia do parque.

Desceu do carro, pagou a corrida. Uma silhueta se aproximava.

– O senhor chegou antes deles... – suspirou Fumel, batendo com os pés no chão para se aquecer.

Duas bicicletas estavam apoiadas contra uma árvore. Vestindo capas, os agentes também batiam os pés, enquanto um homenzinho de chapéu cinza perolado olhava com impaciência o relógio de pulso.

– O dr. Boisrond, do serviço de verificação de óbitos...

Maigret apertou-lhe a mão distraidamente e

dirigiu-se até uma forma escura, ao pé de uma árvore. Fumel dirigia o foco da lanterna.

– Eu acho, sr. comissário – explicou –, que vai compreender o que quero dizer... Para mim há algo estranho...

– Quem o descobriu?

– Esses dois agentes, que faziam a ronda de bicicleta...

– A que horas?

– Três e quinze, aproximadamente. Primeiro eles pensaram que fosse um saco lançado à beira do caminho...

De fato, no chão, sobre as ervas endurecidas pelo gelo, só se via um volume informe. O homem não estava estendido, mas enrolado feito uma bola, e da massa saía somente uma mão ainda crispada, como se tivesse tentado pegar alguma coisa.

– Morreu de quê? – perguntou Maigret ao médico.

– Mal ousei tocar no corpo antes da chegada do ministério, mas, pelo que pude avaliar, teve o crânio fraturado por um ou vários golpes desferidos com um objeto muito pesado...

– O crânio? – insistiu o comissário.

Pois, à luz da lanterna, Maigret via apenas, no que seria o rosto, carnes inchadas e sanguinolentas.

– Nada posso afirmar antes da autópsia, mas eu juraria que esses golpes foram dados depois, quando o homem estava morto ou, pelo menos, agonizante...

Nesse momento, Fumel olhou para Maigret na penumbra:

– Percebe o que eu quis dizer, chefe?

As roupas eram de boa qualidade, sem luxo,

roupas como as que vestem, por exemplo, funcionários ou aposentados.

– Você disse que não há nada nos bolsos?

– Apalpei com prudência e não senti nenhum objeto... Agora, observe ao redor...

Fumel iluminou o chão em volta da cabeça e não se via nenhuma mancha de sangue.

– Não foi aqui que o golpearam. O doutor está certo, pois, em função dos ferimentos, ele deve ter sangrado muito. Portanto, trouxeram-no até o Bois, provavelmente num carro. Pela maneira como o corpo está torcido sobre si mesmo, é possível que o tenham atirado do carro sem se darem o trabalho de descarregá-lo.

O Bois de Boulogne estava silencioso, imóvel como um cenário de teatro, com seus postes de luz espaçados desenhando um círculo regular de luz branca.

– Olhe!... Acho que estão chegando...

Um carro vinha da Porte Dauphine, um carro preto e comprido que seguia seu caminho. Fumel agitou a lanterna e precipitou-se em sua direção.

Maigret, fumando o cachimbo em pequenas baforadas, permaneceu onde estava.

– É aqui, sr. procurador... O comissário de polícia precisou ir ao hospital Cochin para fazer uma constatação e estará aqui dentro de alguns minutos.

Maigret havia reconhecido o magistrado, um tipo alto e magro, de uns trinta anos, muito elegante, que se chamava Kernavel. Reconheceu também o juiz de instrução, com quem raramente tivera a ocasião de trabalhar e que estava, por assim dizer, com um pé aqui e outro lá, entre os novos e os antigos: um certo Cajou, de cabelos castanhos e uns quarenta anos. Quanto ao escrivão, esse se mantinha o mais longe possível do cadáver, como se temesse vomitar diante do espetáculo.

– Quem... – começou o procurador-substituto.

Ele olhou a silhueta de Maigret e franziu as sobrancelhas.

– Perdão. Não o reconheci de imediato. Como se explica a sua presença aqui?

Maigret se contentou com um gesto vago e uma frase ainda mais vaga:

– Um acaso...

Descontente, Kernavel fingia agora dirigir-se apenas a Fumel.

– O que houve exatamente?

– Dois agentes, que faziam a ronda, avistaram o corpo, um pouco mais de uma hora atrás. Alertei o comissário de polícia, mas ele devia primeiro passar, como eu lhe disse, no hospital Cochin para uma constatação urgente e me encarregou de avisar o ministério. Logo em seguida, chamei o dr. Boisrond...

O procurador buscou o médico ao redor.

– O que descobriu, doutor?

– Fratura do crânio; provavelmente fraturas múltiplas...

– Um acidente? Ele não pode ter sido atropelado por um carro?

– Foi golpeado várias vezes, primeiro na cabeça, depois no rosto, com um instrumento contundente.

– Então tem certeza de que foi assassinato?

Maigret podia ter ficado calado, deixar passar, não dizer nada. Atreveu-se, porém, a dar um passo.

– Será que não ganharíamos tempo avisando os especialistas da Identidade Judiciária?

Foi a Fumel, mais uma vez, que o procurador deu suas instruções.

– Mande um dos agentes telefonar...

Ele estava pálido de frio. Todos sentiam frio ao redor do corpo imóvel.

– Um mendigo?

– Não está vestido como um mendigo e, com um tempo desses, não há muitos mendigos no Bois.

– Tem documentos?

– Que eu saiba, não há nada nos bolsos.

– Um homem que voltava para casa e foi assaltado?

– Não há sangue no chão. O doutor pensa, como eu, que o crime não foi cometido aqui.

– Nesse caso, trata-se provavelmente de um acerto de contas.

O procurador foi peremptório e parecia satisfeito de ter achado uma solução adequada ao problema.

– O crime foi cometido em Montmartre e os criminosos se livraram do corpo lançando-o aqui...

Ele se voltou para Maigret.

– Não acho, comissário, que seja um caso para o senhor. Deve ter investigações mais importantes para fazer. Aliás, como anda o caso do assalto à agência do correio do 13º *arrondissement*?

– Por enquanto nenhuma novidade.

– E os assaltos anteriores? Quantos foram mesmo, só em Paris, em quinze dias?

– Cinco.

– É o número que eu pensava. Por isso estou surpreso de vê-lo aqui envolvido com um caso sem importância.

Não era a primeira vez que Maigret escutava essa cantilena. Esses senhores do ministério estavam assustados com a onda de criminalidade, como diziam, e sobretudo com os roubos espetaculares que, como acontece periodicamente, se multiplicavam há um certo tempo.

Isso significava que uma nova quadrilha, uma nova gangue, para empregar a palavra que os jornais apreciavam, se formara recentemente.

– Continua sem nenhuma pista?

– Nenhuma.

Não era bem a verdade. Se ele não possuía pistas propriamente falando, pelo menos tinha uma teoria sustentável, que os fatos pareciam confirmar. Mas isso não dizia respeito a ninguém, muito menos ao ministério.

– Escute, Cajou. Você ficará encarregado do caso. Siga o meu conselho e faça com que falem dele o mínimo possível. É um crime banal, praticado entre vagabundos e, queira Deus, se os delinqüentes começarem a se matar entre si, tanto melhor para todo o mundo. Está me entendendo?

Dirigiu-se novamente a Fumel.

– Você é inspetor no 16º?

Fumel assentiu com a cabeça.

– Há quanto tempo trabalha na polícia?

– Trinta anos... Vinte e nove, exatamente.

A Maigret:

– Ele tem boas credenciais?

– É um homem que conhece a profissão.

O procurador puxou o juiz para um lado e lhe falou em voz baixa, à parte. Quando os dois voltaram, Cajou parecia um pouco embaraçado.

– Bem, sr. comissário, sinto muito por tê-lo incomodado. Ficarei em contato com o inspetor Fumel, a quem darei minhas instruções. Se eventualmente o juiz tiver necessidade de ajuda, comunicarei ao senhor ou o convocarei ao meu gabinete. O senhor tem uma tarefa muito importante e muito urgente a cumprir para que eu o retenha por muito tempo.

Não era somente de frio que Maigret estava pálido, e ele apertou com tanta força o cachimbo entre os dentes que sentiu um leve estalo da ebonite.

– Senhores... – ele falou, como para se despedir.

– Tem condução?

– Encontrarei um táxi na Porte Dauphine.

O procurador hesitou, pensou em oferecer-se para levá-lo, mas o comissário já se afastava após uma breve saudação de mão endereçada a Fumel.

No entanto, meia hora mais tarde, Maigret certamente teria podido fornecer boas informações sobre o morto. Ele ainda não estava seguro e por isso nada dissera.

Já no instante em que se inclinara sobre o corpo ele tivera uma impressão de *déjà-vu*. Embora o rosto estivesse muito deformado, o comissário podia jurar que o conhecia de algum lugar.

Precisava apenas de uma pequena prova, que descobririam ao despir o cadáver.

É verdade que, se tivesse razão, chegariam ao mesmo resultado pelas impressões digitais.

No estacionamento, encontrou o mesmo táxi que o trouxera.

– Já terminou?

– Para a minha casa, no Boulevard Richard-Lenoir.

– Certo. Vejo que foi um trabalho rápido... Quem era?

Um bar estava aberto na Place de la République e por pouco não mandou parar o carro para beber alguma coisa. Não o fez por uma espécie de pudor.

Sua mulher, que voltara a se deitar, o ouviu subir a escada e abriu a porta. Ela também se surpreendeu:

– Já?

E, logo em seguida, com uma voz preocupada:

– O que houve?

– Nada. Esses senhores não precisam de mim.

Ele falava o mínimo possível. Normalmente pouco comentava, em casa, os assuntos do Quai des Orfèvres.

– Não comeu nada?

– Não.

– Vou preparar o café. Você devia tomar um banho para se aquecer.

Ele não estava mais com frio. Sua cólera dera lugar à melancolia.

Maigret não era o único na Polícia Judiciária a sentir-se desanimado, e o diretor já falara duas vezes de sua possível demissão. Não seria preciso falar uma terceira, pois sabia que cogitavam substituí-lo.

Estavam reorganizando, como diziam. Jovens instruídos, bem-educados, oriundos das melhores famílias da República, estudavam todas as questões no silêncio de seus escritórios, em busca de eficiência. De suas sábias cogitações saíam planos miríficos que se traduziam, toda semana, em novos regulamentos.

E o primeiro ponto é que a polícia devia ser um instrumento a serviço da justiça. Um instrumento. Ora, um instrumento não tem cabeça.

Era o juiz, de seu gabinete, o procurador, de seu prestigioso escritório, que conduziam a investigação e davam ordens.

E, para executar essas ordens, não queriam mais policiais à moda antiga, os velhos "sapatos ferrados" que, como Aristide Fumel, continuavam sem saber a ortografia.

O que fazer, sobretudo quando se tratava de preencher papelada, com essa gente que aprendera o ofício na rua, passando da via pública aos grandes magazines e às estações ferroviárias, conhecendo cada bistrô de seu bairro, cada delinqüente, cada prostituta, e eventualmente capaz de discutir com o inimigo usando a linguagem dele?

Agora eram necessários diplomas, exames a cada etapa da carreira, e, quando precisava pôr alguém a espionar, Maigret só podia contar com alguns veteranos da sua equipe.

Por enquanto não se desfaziam dele. Esperavam com paciência, sabendo que só lhe faltavam dois anos para a aposentadoria.

Mesmo assim começavam a vigiar tudo o que fazia.

Ainda não amanhecera, e ele tomava o café, enquanto cada vez mais janelas se iluminavam nos prédios vizinhos. Por causa do tal telefonema, estava adiantado, um pouco entorpecido, como quando não se dorme o bastante.

– Fumel não é aquele zarolho?

– Sim.

– Aquele cuja mulher sumiu?

– Sim.

– Ela nunca foi encontrada?

– Parece que se casou na América do Sul e tem um monte de filhos.

– Ele sabe?

– De que adiantaria?

Também no escritório ele chegou mais cedo e, embora já houvesse clareado o dia, precisou acender a lâmpada do abajur verde.

– Ligue para a delegacia da Faisanderie, por favor...

Ele é que cometera um erro. Não queria ser sentimental.

– Alô!... O inspetor Fumel está?... Como?... Está redigindo um relatório?

Mais uma vez papéis, formulários, tempo perdido.

– É você, Fumel?

Este falava novamente com a voz abafada, como se telefonasse às escondidas.

– A Identidade Judiciária terminou o trabalho?

– Sim. Partiram há uma hora.

– O médico-legista compareceu?

– Sim. O novo.

Pois havia também um novo médico-legista. O velho dr. Paul, que ainda fazia autópsias aos 76 anos de idade, morrera e fora substituído por um certo Lamalle.

– O que ele disse?

– O mesmo que o confrade. O homem não morreu no local. Não há dúvida de que teve uma forte hemorragia. Os últimos golpes no rosto foram dados quando a vítima estava morta.

– Já o despiram?

– Em parte.

– Notou uma tatuagem no braço esquerdo?

– Como sabe?!

– Um peixe?... Uma espécie de cavalo-marinho?

– Sim...

– Tiraram as impressões digitais?

– Devem estar se ocupando delas nos fichários.

– O corpo está no Instituto Médico Legal?

– Sim... O senhor sabe... fiquei muito chateado com o que houve há pouco... Ainda estou. Mas não ousei...

– Já pode escrever no seu relatório que, muito provavelmente, a vítima é um certo Honoré Cuendet, originário de Vaud, na Suíça, que outrora passou cinco anos na Legião Estrangeira...

– O nome não me é estranho... Sabe onde ele morava?

– Não. Mas sei onde mora a mãe dele, se ela ainda vive. Gostaria de ser o primeiro a falar com ela.

– *Eles* vão ficar sabendo.

– Pouco me importa. Mesmo assim anote o endereço, mas espere o meu sinal para ir até lá. É na Rue Mouffetard. Não sei o número. Ela mora no andar de cima de uma padaria, quase na esquina da Rue Saint-Médard.

– Obrigado.

– Não há de quê. Vai continuar no escritório?

– Vou levar uma duas ou três horas para redigir este maldito relatório.

Maigret não se enganara e sentia uma certa satisfação ao mesmo tempo que uma ponta de tristeza. Saiu da sua sala, subiu uma escada, entrou no serviço de fichário onde trabalhavam homens de avental cinzento.

– Quem está tratando das impressões do morto do Bois de Boulogne?

– Eu, sr. comissário.

– Já descobriu?

– Acabo de descobrir.

– Cuendet?

– Sim.

– Obrigado.

Quase alegre agora, ele atravessou outros corredores e chegou aos andares superiores do Palácio da Justiça. No setor de Identidade Judiciária, encontrou seu velho amigo Moers, ele também debruçado sobre papéis. Nunca se acumulara tanta papelada como nos últimos seis meses. Antigamente o trabalho administrativo era importante, com certeza, mas Maigret calculou que nos últimos tempos consumia cerca de oitenta por cento do tempo dos policiais de todos os departamentos.

– Entregaram as roupas a você?

– Do sujeito do Bois de Boulogne?

– Sim.

Moers apontou dois de seus colaboradores que agitavam grandes sacos de papel dentro dos quais as roupas do morto haviam sido colocadas. Era uma rotina, a primeira operação técnica. Tratava-se de recolher toda espécie de poeira e de analisá-la, o que podia fornecer indicações preciosas sobre a profissão de um desconhecido, por exemplo, ou sobre o lugar onde costumava viver, às vezes sobre o local onde o crime fora realmente cometido.

– Os bolsos?

– Nada. Nem relógio, nem carteira, nem chaves. Nem sequer um lenço. É o que se pode chamar de nada.

– E as etiquetas nas roupas?

– Não foram nem arrancadas nem descosturadas. Anotei o nome do alfaiate. Quer ver?

– Não agora. O homem está identificado.

– Quem é ele?

– Um velho conhecido meu, um certo Cuendet.

– Um malfeitor?

– Um homem tranqüilo, o mais tranqüilo dos ladrões, com certeza.

– Acredita que foi obra de um cúmplice?

– Cuendet nunca teve cúmplices.

– Por que o mataram?

– É exatamente o que me pergunto.

Também ali se trabalhava à luz artificial, como hoje na maior parte dos escritórios de Paris. O céu tinha a cor de aço e, nas ruas, as calçadas pareciam cobertas por uma camada de gelo escuro.

As pessoas andavam depressa, coladas à parede dos prédios, o rosto precedido de uma pequena nuvem de vapor.

Maigret foi até a sala dos seus inspetores. Dois ou três telefonavam; a maior parte se ocupava, igualmente, em escrever.

– Nada de novo, Lucas?

– Continuamos buscando o velho Fernand. Alguém acredita tê-lo visto em Paris há três semanas, mas nada se pode afirmar.

Um reincidente. Dez anos antes, esse Fernand, cuja identidade exata nunca foi conhecida, fazia parte de uma quadrilha que cometera, em poucos meses, um número impressionante de assaltos.

O bando inteiro foi detido e o processo durou cerca de dois anos. O chefe da quadrilha morreu na prisão, de tuberculose. Alguns cúmplices continuavam encarcerados, mas chegara aquele período em que, pelas comutações de pena, eles eram soltos um depois do outro.

Maigret não mencionou esse fato, há pouco, ao procurador-substituto preocupado com o "recrudescimento da criminalidade". Ele tinha uma hipótese. Alguns detalhes dos recentes assaltos indicavam que veteranos estavam envolvidos, certamente haviam formado uma nova quadrilha.

Bastaria pegar um deles. E, para isso, todos os homens disponíveis vinham trabalhando pacientemente nos últimos três meses.

As investigações acabaram se concentrando em Fernand. Havia um ano fora posto em liberdade e, de seis meses para cá, não se sabia seu paradeiro.

– A mulher dele?

– Jura de pés juntos que não voltou a vê-lo. Os vizinhos confirmam. Ninguém viu Fernand no bairro.

– Continuem, meus rapazes... Se me chamarem... Se alguém do ministério me chamar...

Ele hesitava.

– Digam que fui tomar um trago. Inventem qualquer coisa...

Afinal, ninguém o impediria de se ocupar de um homem que ele conhecia havia trinta anos e que era quase um amigo.

CAPÍTULO II

ERA RARO QUE FALASSE de sua profissão, mais raro ainda que emitisse uma opinião sobre os homens e suas instituições. Ele desconfiava das idéias, sempre precisas demais para se aplicar à realidade que, como sabia por experiência, é muito fluida.

Apenas com seu amigo Pardon, o médico da Rue Popincourt, acontecia-lhe murmurar, depois da janta, o que a rigor podiam se chamar de confidências.

Algumas semanas antes, justamente, ele se pusera a falar com um certo amargor.

– As pessoas imaginam, Pardon, que existimos para prender os criminosos e obter suas confissões. É mais uma das tantas idéias falsas que circulam por aí e às quais as pessoas se habituam de tal modo que ninguém pensar em verificar. Em realidade, nossa principal função é proteger o Estado, em primeiro lugar o governo, seja ele qual for, as instituições, depois a moeda e os bens públicos, dos particulares, e só então, por último, a vida dos indivíduos...

"Já teve a curiosidade de folhear o Código Penal? É preciso chegar à página 177 para encontrar textos relacionados a crimes contra as pessoas. Um dia farei a contagem exata, mais tarde, quando estiver aposentado. Digamos que três quartos do Código, ou mesmo quatro quintos, tratam de bens móveis e imóveis, moedas falsas, falsificações em escrituras públicas ou privadas, captações de heranças etc. etc., em suma, de tudo que se relaciona ao dinheiro... A tal ponto que o artigo 274, sobre a mendicidade na via pública, vem antes do artigo 295 sobre o homicídio voluntário..."

Eles haviam jantado bem naquela noite e bebido um Saint-Émilion inesquecível.

– Nos jornais, é da minha brigada, a Criminal, segundo o termo consagrado, que mais se fala, por ser a mais espetacular. Na verdade, temos menos importância, aos olhos do Ministério do Interior, que o departamento de Informações Gerais ou a seção financeira, por exemplo...

"Somos um pouco como os advogados criminais. Constituímos a fachada, e são os civilistas que, na sombra, fazem o trabalho sério..."

Será que teria falado assim vinte anos mais cedo? Ou mesmo seis meses mais cedo, antes dessas transformações que presenciava com desagrado?

Ele resmungava entre os dentes ao atravessar, com a gola do sobretudo erguida, a Pont Saint-Michel, onde o vento norte fazia inclinar os passantes no mesmo sentido, no mesmo ângulo.

Acontecia-lhe com freqüência discorrer a meia-voz, com ar rabugento, e um dia surpreendera Lucas dizendo a Janvier, quando este era um novato na casa:

– Não se preocupe. Quando ele rumina, não quer dizer necessariamente que esteja de mau humor.

Nem que estivesse infeliz, em última análise. Alguma coisa o atormentava. Hoje, era a atitude do ministério, no Bois de Boulogne, e também o final estúpido de Honoré Cuendet, a quem haviam deformado o rosto depois de matá-lo.

– Digam que fui tomar um trago.

Eles tinham a ver com isso. O que interessava a esses senhores bem colocados na vida era pôr fim à série de assaltos que causavam prejuízo aos bancos, às seguradoras, às caixas de poupança. Eles achavam também que os roubos de carros estavam se tornando muito freqüentes.

E se os transportadores de dinheiro fossem melhor protegidos? Já fora feita essa objeção. E se não confiassem a um único homem, ou a dois, o cuidado de transportar milhões num percurso que qualquer um podia identificar?

Muito dispendioso, evidentemente!

Quanto aos carros, era normal deixar junto à calçada, em geral sem trancar a porta, ou mesmo sem tirar a chave da ignição, um objeto que valia uma fortuna, às vezes o preço de um apartamento médio ou de uma pequena casa na periferia?

Seria o mesmo que deixar ao alcance do primeiro interessado um colar de diamantes ou uma carteira contendo dois ou três milhões...

De que adiantava? Isso não dizia respeito a ele. Ele era apenas um instrumento, mais do que nunca, e essas questões não eram da sua alçada.

Mesmo assim foi até a Rue Mouffetard, onde, apesar do frio, encontrou a animação habitual em volta das bancas de frutas e das carrocinhas. Reconheceu, duas casas após a Rue Saint-Médard, a padaria pintada de amarelo, tendo acima as janelas baixas do andar superior.

A casa era velha, estreita, com um pé direito alto. No fundo do pátio, ouvia-se malhar o ferro.

Ele subiu a escada onde uma corda servia de corrimão, bateu à porta e logo ouviu passos se aproximando.

– É você? – perguntou uma voz, ao mesmo tempo em que a maçaneta girava e a porta se abria.

A velha estava mais gorda da cintura para baixo. O rosto era magro e os ombros estreitos, mas os quadris haviam ficado enormes, tão grandes que ela andava com dificuldade.

Ela o olhou com surpresa e preocupação, um olhar a que ele estava habituado, o das pessoas que sempre temem uma desgraça.

– Eu o conheço, não é?... Já veio aqui... Espere...

– Comissário Maigret – ele murmurou, penetrando numa peça aquecida e cheirando a guisado.

– Ah, sim... Eu lembro... Que foi que ele fez de errado desta vez?

Não havia hostilidade, mas uma espécie de resignação, de aceitação da fatalidade.

Ela lhe apontou uma cadeira. Sobre a poltrona de couro gasto, a única poltrona da moradia, um cachorrinho de pêlo ruivo mostrava os dentes pontiagudos e rosnava surdamente, enquanto um gato branco, com manchas café-com-leite, mal entreabria os olhos verdes.

– Quieto, Totó...

E, ao comissário:

– Ele rosna desse jeito, mas não é brabo... É o cachorro do meu filho... Não sei se é por vivermos juntos, mas ele acabou por se parecer comigo...

De fato, o animal tinha uma cabeça minúscula, focinho pontudo, patas esguias, mas um corpo roliço que fazia pensar mais num porco do que num cachorro. Devia ser muito velho. Os dentes eram amarelos, espaçados.

– Há uns quinze anos Honoré o recolheu da rua, com as duas patas quebradas por um automóvel... Fez-lhe uma tala de madeira e, dois meses depois, o pobrezinho, que os vizinhos queriam sacrificar, andava como os outros...

A moradia era de teto baixo, bastante escura, mas a limpeza chamava a atenção. A peça servia ao mesmo tempo de cozinha e comedor, com uma mesa redonda no meio, um velho guarda-louças e um fogão à lenha holandês de um modelo que quase não se vê mais.

Cuendet deve tê-lo comprado num ferro-velho ou num negociante de objetos usados para depois restaurá-lo por conta própria, pois sempre gostou de consertos. A chapa era quase vermelha, os apetrechos de cobre brilhavam e ouvia-se um ronco.

Na rua, a feira estava no auge, e Maigret lembrou que em sua visita anterior encontrara a velha apoiada à janela, onde, no verão, passava a maior parte do tempo olhando a multidão.

– Pode falar, sr. comissário.

Ela conservara o sotaque arrastado da sua Suíça natal e, em vez de se sentar na frente dele, permaneceu de pé, na defensiva.

– Quando viu seu filho pela última vez?

– Diga primeiro se o prendeu de novo.

Ele só hesitou um segundo e pôde responder sem mentir:

– Não.

– Então está à procura dele? Nesse caso, respondo que não está aqui. Basta percorrer a casa, como fez da outra vez. Não encontrará nenhuma mudança, embora já tenham se passado dez anos.

Ela apontou uma porta aberta e ele viu uma sala de jantar sem uso, atulhada de bibelôs, toalhinhas, fotos emolduradas, como se vê nas casas das pessoas humildes que insistem, não obstante, em ter uma peça de luxo.

Dois quartos davam vista para o pátio, o comissário sabia: o da velha, que tinha um leito com armação de ferro, e o que Honoré às vezes ocupava, quase igualmente simples, porém mais confortável.

Um cheiro de pão quente subia do térreo e se misturava ao do guisado.

Maigret estava sério, um pouco comovido.

– Também não estou à procura dele, sra. Cuendet. Gostaria apenas de saber...

Ela pareceu compreender, adivinhar em seguida, e seu olhar ficou mais agudo, com um brilho de ansiedade.

– Se não está à sua procura e se não o prendeu, isso quer dizer...

Os cabelos dela eram ralos num crânio que parecia irrisoriamente estreito.

– Aconteceu-lhe alguma coisa, não é?

Ele baixou a cabeça.

– Preferi eu mesmo informá-la.

– A polícia atirou nele?

– Não... Eu...

– Um acidente?

– Seu filho morreu, sra. Cuendet.

Ela o olhou duramente, sem chorar, e o cachorro ruivo, que parecia ter compreendido, saltou da poltrona para vir se esfregar nas grossas pernas dela.

– Quem fez isso?

Ela soprou essas palavras entre os dentes, tão afastados como os do animal que voltava a rosnar.

– Não sei. Ele foi morto, ainda não sabemos onde.

– Então, como pode dizer...

– O corpo foi encontrado esta manhã numa aléia do Bois de Boulogne.

Ela repetia, desconfiada, como se continuasse a suspeitar que fosse uma armadilha:

– Bois de Boulogne? O que ele teria ido fazer no Bois de Boulogne?

– Foi descoberto lá, mas o mataram noutro lugar e depois o transportaram num carro.

– Por quê?

Paciente, ele buscava não feri-la e ganhar tempo.

– É uma pergunta que também nos fazemos.

Como teria explicado ao juiz de instrução, por exemplo, suas relações com Cuendet? Não foi apenas no seu escritório do Quai des Orfèvres que tomou conhecimento dele. E não lhe bastou uma investigação feita mais ou menos às pressas.

Havia por trás trinta anos de profissão, várias visitas a esse alojamento onde ele não se sentia um estranho.

– Para descobrir seus assassinos, preciso justamente saber quando a senhora o viu pela última vez. Ele não dorme aqui há vários dias, não é?

– Na idade dele, todos têm o direito...

Ela se deteve. As pálpebras haviam inchado subitamente.

– Onde ele está, neste momento?

– A senhora o verá mais tarde. Um inspetor virá buscá-la.

– Foi levado ao necrotério?

– Sim, ao Instituto Médico Legal.

– Ele sofreu?

– Não.

– Atiraram nele?

Lágrimas corriam em suas faces, mas ela não soluçava e continuava a olhar Maigret com um resto de desconfiança.

– Foi golpeado.

– Com o quê?

Era como se quisesse reconstituir em espírito a morte do filho.

– Não sabemos. Um objeto pesado.

Ela levou instintivamente a mão à cabeça, com uma expressão de dor.

– Por quê?

– Nós descobriremos, eu lhe prometo. É para descobrir que estou aqui e que preciso da sua ajuda. Sente-se, sra. Cuendet.

– Não posso.

Seus joelhos, no entanto, tremiam.

– Não tem algo para beber?

– Está com sede?

– Não. É para a senhora. Seria bom que tomasse um pequeno trago.

Ele lembrou ela que gostava de beber e, de fato, ela foi buscar na cristaleira da sala de jantar uma garrafa de licor.

Mesmo num momento como esse, ela sentia a necessidade de disfarçar um pouco.

– Estava guardando para o meu filho... Ele costumava tomar uma dose, depois da janta.

Serviu dois copos de fundo espesso.

– Eu me pergunto – ela repetia – por que o mataram. Um rapaz que nunca fez mal a uma mosca, o homem mais tranqüilo, mais doce do mundo... Não é verdade, Totó?... Você sabe melhor que ninguém...

Chorando, ela acariciava o cachorro obeso que remexia o rabo, numa cena que certamente teria parecido grotesca ao procurador-substituto e ao juiz Cajou.

O filho de que ela falava já não fora condenado pela justiça e, se não fosse um ladrão tão hábil, não estaria ainda na prisão?

Ele fora detido apenas duas vezes, uma delas só como acusado, e nas duas fora Maigret que o detivera.

Eles haviam passado horas e horas frente a frente, no Quai des Orfèvres, ambos usando de astúcia, cada um buscando reconhecer no outro, por assim dizer, seu justo valor.

– Há quanto tempo...

Maigret voltava à carga, pacientemente, com uma voz uniforme, tendo ao fundo os ruídos da feira.

– Há exatamente um mês – ela cedeu enfim.

– Ele não lhe disse nada?

– Nunca me falou do que fazia fora daqui.

Era verdade, Maigret já havia comprovado outrora.

– Não veio vê-la uma única vez durante esse tempo?

– Não. No entanto, na semana passada foi meu aniversário, e ele me enviou flores.

– De onde as enviou?

– Foi um entregador que as trouxe.

– Não havia o nome do florista?

– Talvez. Não reparei.

– Não reconheceu o entregador? Não era alguém do bairro?

– Eu nunca o tinha visto.

Ele não pediu para revistar o quarto de Honoré Cuendet em busca de uma pista. Não estava ali oficialmente, não o haviam encarregado do inquérito.

Por certo o inspetor Fumel viria em breve, munido de papéis devidamente assinados pelo juiz de instrução. Provavelmente não encontraria nada. Nas vezes anteriores, Maigret também nada descobrira além de roupas dispostas com cuidado, lençóis no armário, alguns livros, ferramentas que não eram ferramentas de arrombador.

– Há quanto tempo ele não desaparecia desse modo?

Ela buscou na memória. Não estava mais inteiramente concentrada na conversa e precisou fazer um esforço.

– Ele passou quase todo o inverno aqui.

– E o verão?

– Não sei onde esteve no verão.

– Ele não propôs levá-la ao campo ou ao mar?

– Eu não teria ido. Vivi bastante no campo para não ter vontade de voltar.

Ela já devia ter uns cinqüenta anos, ou pouco mais, quando descobriu Paris, e a única cidade que conhecera até então fora Lausanne, na Suíça.

Era originária de um vilarejo do cantão de Vaud, Sénarclens, perto de uma cidadezinha chamada Cossonay onde o marido, Gilles, trabalhava como agricultor.

Maigret já havia atravessado essa região, numa

viagem de férias com a mulher, e a lembrança que lhe ficara era sobretudo dos albergues.

Foram os albergues, justamente, limpos e tranqüilos, que puseram a perder Gilles Cuendet. Homenzinho de pernas tortas, não era de falar muito e podia ficar horas, num canto, bebendo um copo de vinho branco atrás do outro.

Deixou de ser operário agrícola para se tornar caçador de toupeiras, indo colocar armadilhas nas propriedades rurais da região, e diziam que exalava um cheiro tão forte como o dos animais que pegava.

Eles tiveram dois filhos, Honoré e sua irmã Laurence que, enviada a Genebra como auxiliar de hospital, acabou se casando com alguém da UNESCO, um tradutor, se a memória de Maigret era exata, e o acompanhara à América do Sul.

– Tem notícias da sua filha?

– Recebi um postal com votos de ano-novo. Ela tem agora cinco filhos. Posso lhe mostrar o postal.

Foi buscá-lo na peça vizinha, mais por necessidade de fazer algum movimento.

– Veja! É a cores...

A imagem mostrava o sol se pondo na baía do Rio de Janeiro, num fundo vermelho violáceo.

– Ela nunca lhe escreve cartas?

– Para quê? Com o oceano entre nós, nunca voltaremos a nos ver. Ela se fez na vida, não é mesmo?

Honoré também se fizera na vida, mas de outro modo. Aos quinze anos de idade, também foi enviado a trabalhar, como aprendiz, com um serralheiro de Lausanne.

Era um rapaz calmo e reservado, falava tão pouco como o pai. Morava em uma mansarda numa velha casa perto do mercado, e foi em conseqüência de uma denúncia anônima que a polícia, numa manhã, irrompeu nessa peça.

Honoré tinha menos de dezessete anos na época. Na mansarda se encontrou de tudo, os objetos mais heteróclitos cuja proveniência ele não tentou sequer explicar: despertadores, ferramentas, latas de conserva, roupas de criança ainda com etiqueta, dois ou três aparelhos de rádio que ele não havia tirado da embalagem original.

A polícia inicialmente acreditou tratar-se dos chamados roubos de transportadoras, isto é, roubos feitos em caminhões estacionados.

Após o inquérito, constatou-se que não era isso: o jovem Cuendet se introduzia em lojas fechadas, em depósitos, em apartamentos desocupados e levava ao acaso o que lhe caía nas mãos.

Por causa da idade, foi enviado à casa correcional de Vennes, além de Lausanne, onde, entre os ofícios que lhe propuseram aprender, escolheu o de caldeireiro.

Durante um ano foi um interno-modelo, calmo e doce, trabalhador, nunca infringindo o regulamento.

Então, de repente, desapareceu sem deixar vestígios e transcorreram dez anos antes que Maigret o encontrasse em Paris.

Seu primeiro cuidado ao deixar a Suíça, onde jamais voltou a pôr os pés, foi se engajar na Legião Estrangeira, e ele viveu cinco anos na Argélia, em Sidi-Bel-Abbes, e na Indochina.

O comissário teve a ocasião de tomar conhecimento do seu dossiê militar e de conversar com um dos seus chefes.

Também aí Honoré Cuendet havia sido, de uma maneira geral, um soldado-modelo. Quando muito lhe censuravam ser um solitário, não ter nenhum amigo, não se misturar com os outros, mesmo nas vésperas de combate.

– Ele era soldado como outros são mecânicos ou sapateiros – dizia seu tenente.

Nenhuma punição em três anos. No entanto, sem razão conhecida, desertou, para ser descoberto alguns dias depois numa oficina de Argel onde arranjou trabalho.

Não deu explicação dessa partida súbita que podia lhe custar caro, contentando-se em murmurar:

– Eu não agüentava mais.

– Por quê?

– Não sei.

Graças a seus três anos de serviço impecável, foi tratado com indulgência e, seis meses mais tarde, apenas 24 horas após recuperar a liberdade, foi pego de novo, num caminhão de legumes onde se escondera.

Foi na Legião que lhe tatuaram um peixe no braço esquerdo, a seu pedido, e Maigret tentara compreender.

– Por que um peixe? – insistiu. – E por que exatamente um cavalo-marinho?

Os legionários costumam gostar de imagens mais evocadoras.

Era um homem de 26 anos que Maigret tinha então à sua frente, de cabelos louros quase ruivos, ombros largos, estatura um tanto pequena.

– Já viu cavalos-marinhos?

– Vivos, não.

– E cavalos-marinhos mortos?

– Vi um.
– Onde?
– Em Lausanne.
– Na casa de quem?
– No quarto de uma mulher.

Era preciso arrancar-lhe as palavras quase uma por uma.

– Que mulher?
– Uma mulher na casa de quem estive.
– Antes de ser aprisionado em Vennes?
– Sim.
– Você a seguiu?
– Sim.
– Na rua?
– Sim, no final da Rue Centrale de Lausanne.
– E no quarto dela havia um cavalo-marinho seco?
– Isso. Ela me disse que era o seu amuleto da sorte.
– Conheceu muitas outras mulheres?
– Não muitas.

Maigret acreditou ter compreendido.

– O que fez quando chegou em Paris, ao ser liberado da Legião?
– Trabalhei.
– Onde?
– Com um serralheiro da Rue de la Roquette.

A polícia havia verificado. Era verdade. Ele trabalhou dois anos e não deu motivo a queixas. Zombavam dele porque não era "conversador", mas o consideravam um operário-modelo.

– Onde ia à noite?
– A lugar nenhum.
– Ia ao cinema?

– Quase nunca.

– Tinha amigos?

– Não.

– Amigas?

– Menos ainda.

Era como se tivesse medo das mulheres. No entanto, por causa da primeira, que conheceu aos dezesseis anos, fez-se tatuar um cavalo-marinho no braço.

O inquérito fora minucioso. Naquela época se podia agir com esmero. Maigret ainda era apenas inspetor e tinha só três anos mais que Cuendet.

Acontecera quase o mesmo que em Lausanne, só que dessa vez não tinha havido denúncia anônima.

Numa manhã bem cedo, por volta das quatro, a mesma hora em que foi descoberto o corpo no Bois de Boulogne, um policial interpelara um homem que carregava um pacote volumoso. Foi um encontro casual, mas o homem tentara fugir.

No pacote encontraram peles, e Cuendet se recusou a explicar esse estranho carregamento.

– Para onde está levando isso?

– Não sei.

– De onde vem?

– Nada tenho a declarar.

Acabaram descobrindo que as peles provinham de um peleiro que trabalhava em casa, na Rue des Francs-Bourgeois.

Cuendet vivia então numa casa na Rue Saint-Antoine, a cem metros da Bastilha, e no seu quarto, como na mansarda de Lausanne, foi encontrado um sortimento das mais diversas mercadorias.

– Para quem revende esses objetos roubados?

– Para ninguém.

Era pouco provável, no entanto fora impossível estabelecer uma ligação entre Cuendet e os receptadores conhecidos.

Tinha pouco dinheiro consigo. Suas despesas correspondiam ao que ganhava na oficina do patrão.

O caso intrigou tanto Maigret que ele obteve do seu chefe na época, o comissário Guillaume, que o prisioneiro fosse examinado por um médico.

– Certamente é o que chamamos de um tipo anti-social, mas vejo nele uma inteligência acima da média e uma afetividade normal.

Cuendet teve a sorte de ser defendido por um jovem advogado que posteriormente se tornaria famoso nos tribunais, o dr. Gambier, e este conseguiu para o seu cliente a pena mínima.

De início encarcerado na Santé, Cuendet passou pouco mais de um ano em Fresnes onde, mais uma vez, mostrou-se um prisioneiro-modelo, o que lhe valeu a redução de alguns meses de pena.

Seu pai havia morrido nesse meio tempo, atropelado por um carro num sábado à noite quando voltava para casa, completamente bêbado, numa bicicleta sem sinalização.

Honoré fez vir a mãe de Sénarclens, e essa mulher, que só havia conhecido o campo mais tranqüilo da Europa, viu-se transplantada para a aglomeração fervilhante da Rue Mouffetard.

Não era ela também uma espécie de fenômeno? Em vez de se assustar e de embirrar com a cidade grande, adaptou-se tão bem no bairro, na rua, que se tornou uma de suas figuras mais populares.

Chamava-se Justine e, de uma ponta à outra da

Rue Mouffetard, todo o mundo conhecia agora a velha Justine de fala arrastada e olhos maliciosos.

Que o filho tivesse estado na prisão não a incomodava nem um pouco.

– Cada um tem seus gostos e suas opiniões – ela dizia.

Maigret voltou a se ocupar de Honoré Cuendet mais duas vezes, a segunda após um importante roubo de jóias na Rue de la Pompe, em Passy.

O roubo ocorrera num apartamento luxuoso onde, além dos donos, viviam três empregados. As jóias haviam sido deixadas, à noite, sobre uma penteadeira, no budoar anexo ao quarto de dormir, cuja porta ficou aberta a noite toda.

Nem o sr. nem a sra. D., que dormiam no seu leito, ouviram qualquer coisa. A camareira, que dormia no mesmo andar, estava certa de ter chaveado a porta e de tê-la encontrado, de manhã, fechada do mesmo modo. Nenhum sinal de arrombamento. Nenhuma impressão digital.

Como o apartamento ficava no terceiro andar, descartou-se a hipótese de escalada. Também não havia sacada que permitisse atingir o budoar por um apartamento vizinho.

Era o quinto ou sexto roubo dessa espécie em três anos e os jornais começavam a falar de um arrombador fantasma.

Maigret se lembrava daquela primavera, da aparência da Rue de la Pompe em todas as horas do dia, pois ia de porta em porta, interrogando incansavelmente as pessoas, não apenas zeladores e comerciantes, mas os moradores dos imóveis e os empregados.

Foi assim, por acaso, sobretudo por obstinação, que acabou descobrindo Cuendet. No prédio situado defronte à casa do roubo, um quarto de empregada que dava para a rua fora alugado seis semanas antes.

– É um senhor muito gentil, muito calmo, que o ocupa – disse a zeladora. – Ele sai pouco, nunca sai à noite, e não recebe mulheres. Aliás, não recebe ninguém.

– Ele mesmo faz a limpeza?

– Sim. E lhe garanto que é um quarto bem arrumado!

Estava Cuendet tão confiante que não se dera o trabalho de se mudar após o roubo? Ou tinha medo de levantar suspeitas se deixasse o alojamento?

Maigret o encontrou em casa, lendo. Pela janela, pôde observar os movimentos dos moradores do prédio em frente.

– Peço que me acompanhe à Polícia Judiciária.

Cuendet não protestou. Deixou o quarto ser revistado sem dizer uma palavra. Nada foi encontrado, nenhuma jóia, nenhuma chave falsa, nenhuma ferramenta de gatuno.

O interrogatório no Quai des Orfèvres durou cerca de 24 horas, intercalado por copos de cerveja e sanduíches.

– Por que alugou esse quarto?

– Porque me agrada.

– Brigou com sua mãe?

– Não.

– Não vive mais na casa dela?

– Voltarei para lá amanhã ou depois.

– Deixou lá quase todos os seus pertences.

– Exatamente.

– Chegou a visitá-la nos últimos tempos?

– Não.

– Quem tem visto?

– A zeladora, os vizinhos, as pessoas que passam na rua.

Ele punha nas respostas uma ironia talvez involuntária, pois o rosto permanecia calmo e sério; dava a impressão de fazer o possível para satisfazer o comissário.

O interrogatório não deu em nada, mas o inquérito na Rue Mouffetard levantou suspeitas. Ficou-se sabendo que não era a primeira vez que Honoré desaparecia desse modo por um tempo mais ou menos longo, de três semanas a dois meses em geral, para depois voltar a morar na casa da mãe.

– Quais são os seus meios de sobrevivência?

– Faço pequenos consertos. Tenho um pouco de dinheiro guardado.

– No banco?

– Não. Desconfio dos bancos.

– Onde está esse dinheiro?

Ele se calou. Desde a primeira detenção, havia estudado o Código Penal e o conhecia de cor.

– Não cabe a mim provar minha inocência. Cabe ao senhor estabelecer que sou culpado.

Uma única vez Maigret se irritou e, diante do ar docemente reprovador de Cuendet, se arrependeu em seguida.

– Você se livrou das jóias de uma maneira ou de outra. É provável que as tenha vendido. A quem?

A polícia, claro, percorreu os receptadores conhecidos, alertou Londres, Amsterdã, Antuérpia. Também deu o nome aos informantes.

Ninguém conhecia Cuendet. Ninguém o vira, ninguém estivera em contato com ele.

– Eu não lhe disse? – triunfou a mãe. – Sei que vocês são espertos, mas meu filho, veja, é um homem de valor!

Apesar do seu histórico judiciário, apesar do quarto de empregada alugado, apesar de todos os indícios, tiveram que soltá-lo.

Cuendet não festejou, recebeu aquilo com tranqüilidade. O comissário ainda se lembrava dele, buscando o chapéu, detendo-se diante da porta, estendendo uma mão hesitante.

– Até breve, sr. comissário...

Como se esperasse voltar!

CAPÍTULO III

As cadeiras eram de assento de palha trançada e tinham, na penumbra, reflexos dourados. O soalho, embora de pinho vulgar, muito velho, estava tão bem encerado que nele se via, como num espelho, o retângulo da janela. O pêndulo de cobre de um relógio, na parede, batia a um ritmo tranqüilo.

Era como se o menor objeto, o atiçador de brasas, as tigelas ornadas de grandes flores rosas e até mesmo a vassoura onde o gato esfregava o dorso, tivesse vida própria, como nos antigos quadros holandeses ou nas sacristias.

A velha abriu o fogão de aquecimento para despejar duas pás de carvão incandescente e por um instante as chamas iluminaram-lhe o rosto.

– Permite que eu tire o meu sobretudo?

– Isso significa que vai ficar por algum tempo?

– Faz cinco graus abaixo de zero na rua, mas sua casa está aquecida.

– Dizem que os velhos são friorentos – ela murmurou, mais para si mesma, para ocupar o espírito, do que para ele. – Para mim o aquecedor é uma companhia. Com meu filho era assim também, desde pequeno.

Ainda o vejo, na nossa casa em Sénarclens, bem junto do aquecedor, estudando suas lições.

Ela olhou a poltrona vazia, de madeira polida e couro gasto.

– Aqui também ele se aproximava do fogo e podia passar o dia inteiro lendo, sem prestar atenção em mais nada.

– O que ele lia?

Ela levantou os braços num gesto de desconhecimento.

– Sei lá! Livros que ia buscar na biblioteca da Rue Monge. Veja! Este é o último. Ele os trocava de tempo em tempo, tinha uma espécie de assinatura. O senhor deve conhecer...

Era um livro de Lenotre sobre um episódio da Revolução Francesa, encadernado em tecido preto e lustroso, que fazia pensar numa velha batina.

– Honoré sabia muitas coisas. Não falava muito, mas sua cabeça não parava de trabalhar. Também lia os jornais, quatro ou cinco por dia, e revistas ilustradas que custam caro, com imagens coloridas...

Maigret gostava do cheiro da casa, feito de vários cheiros diferentes. Sempre tivera um fraco pelas moradias que têm um cheiro característico, e hesitava em acender o cachimbo que enchera maquinalmente.

– Pode fumar. Ele também fumava cachimbo. Aliás, gostava tanto dos seus velhos cachimbos que chegava a consertá-los com arame.

– Eu gostaria de lhe fazer uma pergunta, sra. Cuendet.

– É engraçado o senhor me chamar assim. Há muito só me chamam de Justine! Acho que, com exceção do prefeito, quando me felicitou no dia do meu casamento, ninguém nunca me chamou de outro modo. Mas diga. Responderei se puder.

– A senhora não trabalha. Seu marido era pobre.

– Já conheceu algum caçador de toupeiras rico? Sobretudo um que bebe da manhã à noite?

– Então vive com o dinheiro que seu filho lhe dava.

– Algum problema nisso?

– Um operário entrega seu pagamento à mulher ou à mãe toda semana, um empregado, mensalmente. Suponho que Honoré lhe dava dinheiro à medida que a senhora necessitasse?

Ela o olhou com atenção, como se compreendesse onde ele estava querendo chegar.

– E então?

– Ele também podia lhe entregar uma quantia maior ao retornar de suas ausências, por exemplo.

– Nunca houve uma quantia maior de dinheiro aqui. O que eu faria com ela?

– As ausências dele duravam mais ou menos tempo, às vezes semanas, não é verdade? Se nesse meio tempo a senhora tivesse necessidade de dinheiro, o que fazia?

– Eu não tinha necessidade.

– Então ele deixava o suficiente antes de partir?

– Sem falar que tenho conta no açougue, na mercearia, e posso comprar a crédito em qualquer loja do bairro e mesmo nas carrocinhas. Todos, na rua, conhecem a velha Justine.

– Ele nunca lhe enviou uma ordem de pagamento?

– Não sei como faria para usá-la.

– Escute, sra. Cuendet...

– Prefiro que me chame Justine...

Ela continuava de pé e acrescentava um pouco de água quente no guisado, repondo a tampa da panela e deixando uma pequena abertura para o vapor.

– Não posso mais lhe causar aborrecimentos, nem tenho a menor intenção de causá-los. O que busco é descobrir quem matou seu filho.

– Quando poderei vê-lo?

– Esta tarde, certamente. Um inspetor virá buscá-la.

– E me entregarão o corpo?

– Penso que sim. Para descobrir o ou os assassinos, preciso compreender algumas coisas.

– O que quer compreender?

Ela ainda desconfiava, como a camponesa que continuava sendo, como uma velha meio iletrada que fareja em toda parte armadilhas. Era algo instintivo.

– Seu filho a deixava várias vezes ao ano, se ausentava durante várias semanas...

– Às vezes três semanas, às vezes dois meses.

– Como ele se sentia ao retornar?

– Um homem satisfeito de reencontrar as pantufas junto à lareira.

– Ele avisava quando ia partir, ou saía de casa sem dizer nada?

– Quem teria preparado sua valise?

– Então ele avisava. Levava roupas de reserva, lençóis...

– Levava tudo o que é preciso.

– Tinha vários ternos?

– Quatro ou cinco. Ele gostava de se vestir bem.

– A senhora acha que, ao voltar, ele escondia alguma coisa na casa?

– Não seria fácil achar um esconderijo nas quatro

peças. Aliás, o senhor as revistou, e não só uma vez. Lembro que seus homens vasculharam tudo e até mesmo desmontaram móveis. Foram até o porão, que é comum a todos os locatários, e na parte do sótão a que temos direito.

Era verdade. Nada fora encontrado.

– Seu filho não tem conta bancária, estamos certos disso, nem caderneta de poupança. Mas ele precisava guardar o dinheiro em alguma parte. Sabe se ele costumava ir ao estrangeiro, à Bélgica, por exemplo, ou à Suíça, à Espanha?

– Na Suíça ele seria preso.

– É verdade.

– Ele nunca me falou dos outros países que o senhor mencionou.

Várias vezes as fronteiras foram alertadas. Durante anos, a fotografia de Honoré Cuendet figurou entre as das pessoas a vigiar, nas estações e nas diferentes saídas do país.

Maigret pensava em voz alta.

– Necessariamente ele precisava vender jóias, objetos. Mas não procurava receptadores profissionais. E, como gastava pouco, necessariamente possuía em algum lugar uma quantia importante.

Ele olhou para a velha com mais atenção.

– Se ele não lhe desse o dinheiro da casa, o que seria da senhora?

Essa idéia a assustou e ela estremeceu. Ele viu uma inquietação passar por seus olhos.

– Não tenho medo – ela respondeu mesmo assim, com orgulho. – Honoré é um bom filho.

Ela não disse "era" desta vez. E continuou, como se ele ainda estivesse vivo:

– Estou certa de que não me deixará sem nada.

Maigret prosseguiu:

– Ele não foi morto por um vagabundo. Não se trata de um crime para roubar dinheiro. Tampouco foi abatido por um cúmplice.

Ela não perguntou por que, e ele não explicou. Um vagabundo não teria razão alguma para querer desfigurar o rosto dele e tirar dos bolsos os menores objetos, inclusive papéis sem valor, cachimbo, fósforos.

Um cúmplice também não faria isso, sabendo que Cuendet estivera na prisão e seria, portanto, identificado pelas impressões digitais.

– Quem o matou não o conhecia. Contudo, tinha uma razão importante para eliminá-lo. A senhora compreende?

– O que devo compreender?

– Que, quando soubermos o golpe que Honoré preparava, em que casa, em que apartamento se introduziu, estaremos bem perto de conhecer seu assassino.

– Isso não o fará reviver.

– Permite que eu dê uma espiada no quarto dele?

– Não posso impedi-lo.

– Prefiro que venha comigo.

Ela o acompanhou, alçando os ombros magros, balançando os quadris quase monstruosos, e o cachorrinho ruivo seguiu seus passos, pronto a rosnar de novo.

A sala de jantar era neutra, sem vida, quase sem cheiro. Uma colcha muito branca cobria o leito de ferro da velha, e o quarto de Honoré, mal iluminado pela janela que dava para o pátio, já tinha um aspecto mortuário.

Maigret abriu a porta de um armário com espelho, encontrou três ternos pendurados em cabides, dois cinza e um azul-marinho, sapatos dispostos embaixo e, numa prateleira, camisas sobre as quais fora colocado um ramo de lavanda seca.

Livros, numa estante: um exemplar de capa vermelha do Código Penal, muito usado, que deve ter sido comprado nas bancas à margem do Sena ou num sebo do Boulevard Saint-Michel; alguns romances datados do começo do século, mais um Zola e um Tolstói; um mapa de Paris que devia ser consultado com freqüência...

Num canto, num console de dois níveis, revistas cujos títulos chamaram a atenção do comissário. Elas não combinavam com o resto. Eram revistas luxuosas, em papel cuchê, que publicavam fotografias a cores dos mais belos castelos da França e dos interiores suntuosos de Paris.

Ele folheou algumas, esperando encontrar anotações, desenhos a lápis.

Em Lausanne, o jovem Cuendet, aprendiz de serralheiro, vivendo numa água-furtada, se apropriava de tudo o que lhe caía nas mãos, inclusive objetos sem valor.

Mais tarde, na Rue Saint-Antoine em Paris, ele devia possuir um pouco mais de discernimento, mas continuava roubando apenas lojas e apartamentos do bairro, ao acaso.

A próxima etapa foram as casas burguesas, nas quais encontrava ao mesmo tempo dinheiro e jóias.

Por fim chegou, com paciência, aos bairros nobres. A velha pronunciara um pouco antes, sem querer, uma frase importante. Ela falara dos quatro ou cinco jornais que o filho lia diariamente.

Maigret apostava que não eram as crônicas policiais que ele buscava, menos ainda o noticiário político, mas as notas das colunas sociais, casamentos, recepções, desfiles de moda.

Nessas notas não se descreviam as jóias das mulheres famosas?

As revistas que Maigret tinha sob os olhos davam a Honoré informações igualmente preciosas: não apenas a descrição detalhada das mansões particulares, mas também fotografias das diferentes peças.

Sentado junto à lareira, Cuendet devia meditar, pesar os prós e os contras, fazer sua escolha.

Depois saía a examinar o bairro, alugava um quarto num hotel ou, se houvesse algum disponível, numa casa particular, como foi o caso da Rue de la Pompe.

Por ocasião do último inquérito, que já remontava a vários anos, descobriu-se também sua presença num certo número de cafés, dos quais se tornara, por algum tempo, um freqüentador assíduo.

– Um homem muito tranqüilo, que passava horas num canto, bebendo vinho branco, lendo jornais e olhando a rua...

Na verdade, ele observava quem entrava e saía de uma casa, patrões e domésticos, estudava-lhes os hábitos, o uso do tempo, para a seguir espiar, da janela, o que faziam no interior.

Assim, depois de algum tempo, um prédio inteiro não tinha mais segredos para ele.

– Eu lhe agradeço, sra. Cuendet.

– Justine!

– Perdão: Justine. Eu tinha muita...

Ele buscou a palavra. Amizade seria forte demais. Simpatia não faria sentido para ela.

– ...eu tinha muita estima por seu filho...

A palavra também não era exata, mas nem o procurador-substituto nem o juiz de instrução estavam ali para ouvi-lo.

– O inspetor Fumel virá vê-la. Se precisar de alguma coisa, me procure.

– Não precisarei de nada.

– Se ficar sabendo em que bairro Honoré passou as últimas semanas...

Tornou a vestir o sobretudo e desceu a escada de degraus meio gastos. Foi envolvido de novo pelo ruído da rua e pelo frio. Havia agora no ar como que uma poeira branca suspensa, mas não nevava nem se viam sinais de neve no chão.

Quando ele entrou na sala dos inspetores, Lucas lhe anunciou:

– Moers telefonou.

– Disse o que era?

– Pediu que ligasse para ele.

– Ainda nenhuma notícia de Fernand?

Ele não esquecia que sua tarefa principal era descobrir os autores dos assaltos. Isso podia durar semanas ou mesmo meses. Centenas, milhares de policiais e gendarmes tinham no bolso a fotografia do prisioneiro libertado. Inspetores faziam um trabalho de porta em porta, como vendedores de aspirador de pó.

– Perdão, senhora. Viu recentemente este homem?

A Brigada Móvel se encarregava dos hotéis. A de Costumes, a "mundana", interrogava as prostitutas. Nas estações, os viajantes não suspeitavam que olhos anônimos os examinavam na entrada das plataformas.

Ele não fora encarregado do inquérito acerca de Cuendet. Não tinha o direito de destacar seus homens para esse serviço. Mesmo assim encontrou um meio de conciliar o dever e a curiosidade.

– Vá lá em cima e peça uma fotografia, a mais recente possível, de Cuendet. Faça que uma cópia seja entregue a todos os que procuram Fernand, principalmente os que visitam bistrôs e casas de pensão.

– Em todos os bairros?

Ele hesitou e por pouco não respondeu:

– Somente nos bairros ricos.

Mas então lembrou que há mansões e prédios de luxo também nos bairros antigos.

Ao voltar à sua sala, telefonou para Moers.

– Descobriu alguma coisa?

– Não sei se isto pode lhe servir. Ao examinar o casaco com a lupa, meus homens localizaram três ou quatro pêlos que foram levados ao microscópio. Delage, que é entendido, afirma que são pêlos de gato selvagem.

– Em que parte do casaco estavam?

– Nas costas, perto do ombro esquerdo. Também há traços de pó-de-arroz. Talvez possamos determinar a marca, mas vai demorar um pouco mais.

– Eu lhe agradeço. Fumel telefonou?

– Passou por aqui há pouco. Dei a ele a informação.

– Onde ele está?

– Nos arquivos judiciários, mergulhado no dossiê Cuendet.

Maigret se perguntou, por um momento, por que suas pálpebras ardiam, e lembrou que fora tirado da cama às quatro da manhã.

Ele teve que assinar papéis, preencher vários formulários, receber duas pessoas que o esperavam e que escutou com ouvidos distraídos. Uma única vez, ligou para um conhecido negociante de peles da Rue La Boétie, precisou insistir para tê-lo pessoalmente na linha.

– Comissário Maigret, da Polícia Judiciária. Peço desculpas por incomodá-lo, mas gostaria que me desse uma informação. Pode me dizer quantos mantôs de gato selvagem, mais ou menos, há em Paris?

– De gato selvagem?

O homem deu a impressão de estar perturbado com a pergunta.

– Não temos nenhum. Houve um tempo, na época heróica dos primeiros automóveis, que a nossa casa fez alguns para uns poucos clientes e sobretudo para certos clientes.

Maigret recordou velhas fotografias de automobilistas que se assemelhavam a ursos.

– Eram mantôs de gato selvagem?

– Nem sempre. Mas os mais belos eram. Ainda são usados nos países muito frios, no Canadá, na Suécia, na Noruega, no norte dos Estados Unidos...

– Não há mais em Paris?

– Acho que algumas casas os vendem, mas muito pouco. É difícil lhe dar um número exato. No entanto, aposto que não existem quinhentos mantôs desse tipo em Paris e a maioria deve estar bastante velha. Agora...

Uma idéia lhe ocorreu.

– O senhor só se interessa por mantôs?

– Por quê?

– É que de vez em quando também usamos peles de gato selvagem para outros fins que não o vestuário.

Nós fazemos, por exemplo, mantas para colocar sobre sofás. Essas coberturas também se usam nos assentos de automóveis...

– Existem muitas?

– Se eu pesquisar em nossos livros, posso lhe dizer quantas vendemos nos últimos anos. Três ou quatro dúzias, aproximadamente. Mas os peleiros as fabricam em série, com menos qualidade, é claro. Um instante. Estou pensando noutra coisa. Enquanto eu lhe falava, me lembrei de ter visto há pouco na vitrine de uma farmácia, não longe daqui, uma pele de gato selvagem que é vendida como remédio contra o reumatismo...

– Eu lhe agradeço.

– Quer que eu mande preparar uma lista das...

– Se não lhe for muito incômodo.

Era bastante desanimador. Fernand estava sendo procurado havia semanas, sem que houvesse certeza de que estava envolvido nos recentes assaltos. Isso representava um trabalho quase tão considerável como, por exemplo, a elaboração de um dicionário ou mesmo de uma enciclopédia.

E de Fernand se conheciam os gostos, os hábitos, as manias. Por exemplo, um detalhe muito simples podia ajudar a identificá-lo: sua bebida preferida era o licor de curaçau.

Já para obter eventualmente uma indicação sobre os assassinos de Cuendet, tudo o que se possuía eram alguns pêlos de gato selvagem.

Moers dissera que esses pêlos haviam sido encontrados nas costas do casaco, perto do ombro esquerdo. Se eles provinham de um mantô, não teriam sido descobertos na parte da frente do casaco?

Será que uma mulher o ajudara a vestir o casaco, segurando-o pelos ombros?

Maigret preferia a hipótese da manta, sobretudo no assento de um automóvel. E, nesse caso, não seria um carro qualquer, pois dificilmente se usam mantas de pele nos bancos de um Renault popular. Como Cuendet roubava exclusivamente, nos últimos anos, as casas dos ricos, seria necessário percorrer os revendedores de carros em Paris, fazer incansavelmente a mesma pergunta.

Alguém bateu à porta. Era o inspetor Fumel, aparentando cansaço, as pálpebras avermelhadas. Havia dormido ainda menos que Maigret. Na verdade, de serviço na noite anterior, não dormira absolutamente nada.

– Não estou perturbando o senhor?

– Entre.

Havia alguns, como Fumel, que o comissário tratava com intimidade, veteranos com os quais começou a trabalhar e que na época também o tratavam por você, mas que depois não mais ousaram e passaram a chamá-lo sr. comissário ou chefe. O mesmo acontecia com Lucas. Não com Janvier, ele não sabia por quê. Era o caso também dos mais jovens, como Lapointe.

– Sente-se.

– Li tudo e não sei por onde começar. Uma equipe de vinte homens não seria suficiente. Pelos autos do processo, vi que o senhor o conhece bem.

– Bastante bem. Hoje de manhã fui ver a mãe dele, oficiosamente. Dei-lhe a notícia e disse que você iria buscá-la para levá-la ao Instituto Médico Legal. Tem indicações sobre o resultado da autópsia?

– Nada. Telefonei ao dr. Lamalle. Mandou dizer pelo auxiliar que, hoje à noite ou amanhã, enviaria o relatório ao juiz de instrução.

No tempo do dr. Paul, este não esperava que Maigret o chamasse e chegava mesmo a lhe perguntar:

– O que é que eu digo ao juiz?

É verdade que naquela época a polícia conduzia o inquérito e, na maioria das vezes, o magistrado só se ocupava do caso se o culpado confessasse.

Havia então três etapas distintas: o inquérito, que em Paris era incumbência do Quai des Orfèvres, a instrução, e por fim, mais tarde, após o exame do dossiê pela acusação, o processo no tribunal.

– Moers lhe falou dos pêlos?

– Sim. Do gato selvagem.

– Acabo de telefonar a um negociante de peles. Você poderia se informar junto aos revendedores de carro sobre coberturas de assento em pele de gato selvagem vendidas em Paris...

– Estou sozinho nesse caso.

– Sei disso, meu velho.

– Enviei um primeiro relatório. O juiz Cajou me convocou para hoje à tarde, às cinco. Vai ser um problema. Como estive de serviço na noite passada, eu devia estar livre hoje e tem alguém me esperando. Vou telefonar, mas sei que a pessoa não vai acreditar em mim e haverá complicações pela frente...

Uma mulher, sem dúvida!

– Se descobrir alguma coisa, me telefone. Mas é importante que não diga ao juiz que estou me envolvendo no caso.

– Pode deixar.

Maigret foi almoçar em casa. O apartamento também estava limpo, o soalho e os móveis tão lustrosos como na casa da velha Cuendet.

A temperatura estava agradável e havia um fogão a lenha, além dos aquecedores elétricos, pois Maigret sempre gostara desses fogões e mesmo no escritório obtivera por muito tempo a permissão de usar um.

Um cheiro bom de comida se espalhava no ar. No entanto, pareceu-lhe de repente que faltava alguma coisa, ele não sabia dizer o quê.

Na casa da mãe de Honoré, a atmosfera era ainda mais calma e envolvente, talvez por contraste com a animação da rua. Pela janela se avistavam os toldos das barracas e se ouvia o pregão dos feirantes.

A moradia tinha o teto baixo, era menor, mais concentrada em si mesma. A velha ficava ali da manhã à noite. E, mesmo na ausência de Honoré, sabia onde era o seu lugar.

Maigret se perguntou, por um instante, se não compraria também um cachorro e um gato.

Não fazia sentido. Ele não era uma velha, nem um rapaz do campo que veio morar sozinho na rua mais populosa de Paris.

– Em que está pensando?

Ele sorriu.

– Num cachorro.

– Está querendo comprar um cachorro?

– Não. Aliás, não seria a mesma coisa. Esse foi encontrado na rua, com as patas quebradas...

– Vai fazer a sesta?

– Não há tempo, infelizmente!

– Parece que suas preocupações são ao mesmo tempo agradáveis e desagradáveis...

Ele ficou surpreso com a exatidão da observação. A morte de Cuendet o deixara melancólico e triste. Sentia um ódio pessoal por seus assassinos, como se ele fosse um amigo, um companheiro, em todo caso, um velho conhecido.

Odiava-os também por lhe terem deformado o rosto e atirado o corpo, como um bicho morto, na terra gelada de uma aléia do Bois de Boulogne.

Ao mesmo tempo, não podia deixar de sorrir ao pensar na vida e nas manias de Cuendet, que ele se esforçava por compreender. E, curiosamente, embora fossem tão diferentes um do outro, tinha a impressão de entendê-lo.

É verdade que Honoré, no começo da carreira, se é possível dizer assim, quando era apenas um pobre aprendiz, agia da forma mais costumeira, como agem os pequenos delinqüentes dos bairros pobres, surrupiando indistintamente o que estava a seu alcance.

Nem sequer vendia os objetos adquiridos desse modo, amontoando-os na mansarda, como um cachorrinho que esconde restos de comida num buraco do chão.

Por que, tido como um soldado modelo, desertara duas vezes? Desastradamente! Estupidamente! Nas duas vezes fora pego sem tentar fugir nem resistir.

Em Paris, no bairro da Bastilha, se aperfeiçoou e começou a esboçar seu estilo. Não pertencia a nenhuma quadrilha. Não tinha amigos. Trabalhava sozinho.

Serralheiro, caldeireiro, fazia pequenos consertos, habilidoso com as mãos, meticuloso, aprendeu a penetrar em lojas, oficinas, depósitos.

Não andava armado. Nunca possuiu uma arma, nem mesmo um simples canivete.

Em nenhuma ocasião fez disparar o alarme ou deixou vestígios. Era o homem silencioso por excelência, tanto na vida como no trabalho.

Quais eram suas relações com as mulheres? Não se sabia de nenhuma na vida dele. Só havia morado com a mãe e, se buscava amores passageiros, devia fazer isso com discrição, em bairros distantes onde não era notado.

Podia permanecer horas sentado num café, junto à vidraça, diante de um copo de vinho branco. Podia também espionar, durante dias inteiros, à janela de um quarto mobiliado, assim como ficava lendo junto à lareira na Rue Mouffetard.

Gastava muito pouco. No entanto, a lista das jóias roubadas, para não falar de outros roubos que com alguma certeza lhe podiam ser atribuídos, representava uma fortuna.

Será que levava uma vida diferente noutro lugar, fora de Paris, onde gastava o dinheiro?

– Estou pensando – explicou Maigret à sua mulher – num cara esquisito, um ladrão...

– O que assassinaram esta manhã?

– Como sabe?

– Está no jornal da tarde que acabaram de entregar.

– Deixe ver.

– São só algumas linhas. Li por acaso.

Um cadáver no Bois de Boulogne

Na noite passada, por volta das três horas, dois policiais que faziam a ronda no 16º arrondissement *descobriram, numa aléia do Bois de Boulogne, o corpo de um homem que teve o crânio golpeado e esmagado.*

Trata-se de Honoré Cuendet, de origem suíça, cinqüenta anos, que já foi condenado pela justiça. Segundo o juiz de instrução Cajou, encarregado do caso e que se dirigiu ao local em companhia do procurador-substituto Kernavel e do médico-legista, é um caso de acerto de contas.

– O que você ia dizer?

A expressão "acerto de contas" o deixava furioso, pois significava que, para esses senhores do Palácio da Justiça, o caso estava praticamente encerrado. Como dizia um procurador:

"Tomara que se matem entre si até o último! É uma tarefa a menos para o carrasco e um ganho para o contribuinte."

– Eu ia dizer... Ah! sim... Imagine um ladrão que escolhesse, de propósito, casas ou apartamentos ocupados...

– Para penetrar?

– Sim. Todo ano, em Paris, apartamentos permanecem vazios durante várias semanas, enquanto os moradores estão na praia, na montanha, no campo ou no estrangeiro.

– E são arrombados...

– Sim, são arrombados. Por especialistas que nunca entrarão numa moradia onde correm o risco de encontrar pessoas.

– Aonde quer chegar?

– Ao meu Cuendet, que, no caso dele, só se interessa por apartamentos ocupados. Em geral ele espera, para penetrar, que os donos tenham voltado do teatro ou de um outro lugar, que a mulher tenha deixado as jóias numa peça vizinha ou até mesmo, às vezes, num móvel do quarto de dormir.

A sra. Maigret replicou com lógica:

– Se ele agisse quando a mulher foi ao teatro, não encontraria as jóias, já que ela as estaria usando.

– Provavelmente encontraria outras, objetos de valor, quadros, dinheiro vivo.

– Está querendo dizer que, no caso dele, era uma espécie de vício?

– A palavra talvez seja forte demais, mas suspeito que fosse uma mania, que ele sentia um certo prazer em se introduzir na vida íntima das pessoas. Certa vez, pegou um cronômetro na mesa de cabeceira de um homem que dormia e que nada ouviu.

Ela sorriu também.

– Quantas vezes você o pegou?

– Foi condenado somente uma vez, e isso quando ainda não havia adotado essa técnica e roubava como os demais. Mesmo assim possuímos, no escritório, uma lista de furtos que podem ser atribuídos a ele quase com segurança. Em alguns casos, alugou um quarto durante várias semanas defronte aos locais roubados e não deu nenhuma explicação plausível.

– Por que o mataram?

– É o que me pergunto. Para saber, preciso descobrir em que casa penetrou, provavelmente na noite passada...

Era raro que falasse tanto à mulher de um caso em andamento; certamente o fazia porque, para ele, não se tratava de um caso como os outros, e também porque não era o encarregado.

Cuendet o interessava enquanto homem e enquanto especialista, era uma figura que quase o fascinava, assim como a velha Justine.

– Estou certa de que não me deixará sem nada... – ela dissera com confiança.

No entanto ela ignorava, Maigret estava convencido disso, onde o filho escondia o dinheiro.

Ela confiava, tinha a fé da gente humilde: Honoré seria incapaz de deixá-la sem recursos.

Como esse dinheiro chegaria até ela? Que medidas o filho tomara, ele que nem uma única vez na vida teve cúmplices?

E podia ele prever que um dia seria assassinado?

O mais curioso é que Maigret compartilhava a confiança da velha, também acreditando que Cuendet havia considerado todas as eventualidades.

Ele bebia o café em pequenos goles. Ao acender o cachimbo, dirigiu o olhar à cristaleira. Como na Rue Mouffetard, havia ali uma garrafa de licor que, no caso, era de ameixa.

A sra. Maigret compreendeu e lhe serviu uma pequena dose.

CAPÍTULO IV

Às cinco para as quatro, Maigret, inclinado sobre o facho de luz do abajur que iluminava uma pasta com anotações, hesitava entre dois cachimbos quando o telefone tocou. Era o plantão central de Polícia, no Boulevard du Palais.

– Assalto na Rue La Fayette, entre a Taitbou e a Chaussée d'Antin. Houve disparos e há mortos.

Acontecera às dez para as quatro e o alerta geral já fora dado, as radiopatrulhas avisadas; um camburão com agentes uniformizados deixava o pátio da polícia municipal, enquanto o procurador-geral, no seu tranqüilo escritório do Palácio da Justiça, recebia também a notícia, segundo ordens que havia dado.

Maigret abriu a porta, fez um sinal a Janvier, murmurou algumas palavras mais ou menos distintas e os dois, enfiando o sobretudo, desceram a escada e entraram num carro preto e branco da polícia.

Por causa da neblina, amarelada, que começou a baixar sobre a cidade logo depois do almoço, já estava escuro como às seis da tarde, e o frio, em vez de diminuir, era agora mais penetrante.

– Amanhã de manhã será preciso ter cuidado com o gelo na pista – observou o motorista.

Ele acionou a sirene e a luz giratória. Táxis e ônibus davam passagem e os transeuntes seguiam a polícia com os olhos. Na altura do teatro da Ópera, a circulação estava confusa, aglomerações haviam se formado. Policiais apitavam e gesticulavam.

Na Rue La Fayette, do lado das galerias e do magazine Printemps, o movimento era intenso, com uma densa multidão, composta sobretudo de mulheres, nas calçadas; era também o lugar mais iluminado de Paris.

O comissário de polícia do 9º *arrondissement* havia chegado com vários de seus homens. Especialistas tomavam medidas e faziam marcas de giz no chão. Um carro com as duas rodas dianteiras sobre a calçada tinha o pára-brisas estilhaçado e, a dois ou três metros de distância, via-se uma mancha escura em torno da qual pessoas conversavam em voz baixa.

Um homem de cabelos grisalhos, vestido de preto, com um cachecol de lã no pescoço, ainda segurava na mão o copo de rum que alguém lhe trouxera de uma brasserie situada em frente. Era o tesoureiro de uma grande loja de artigos domésticos da Rue de Châteaudun.

Ele recomeçava sua história pela terceira ou quarta vez, evitando voltar-se para uma forma humana, coberta por um tecido grosseiro, estendida a poucos metros dali.

Atrás dos cordões de isolamento, como os usados na cidade para os desfiles, a multidão se comprimia e as mulheres, excitadas, falavam com uma voz aguda.

– Todo fim de mês é isso...

Maigret havia esquecido que era dia 31.

– ...fui buscar no banco, atrás do teatro, o dinheiro para o pagamento do pessoal...

Ao passar, Maigret vira a loja, sem fazer uma idéia do seu tamanho. As seções ocupavam três andares, havia dois subsolos e cerca de trezentas pessoas trabalhavam no local.

– Eu tinha que percorrer apenas seiscentos metros. Segurava a maleta com a mão esquerda.

– Ela não estava presa ao pulso por uma corrente?

Não era um transportador profissional e nenhum dispositivo de alarme fora previsto. O tesoureiro tinha apenas uma pistola automática no bolso esquerdo do sobretudo.

Ele atravessava a rua na faixa de segurança. Dirigia-se à Rue Taitbou, em meio a uma multidão tão densa que nenhum atentado parecia possível. De repente, observou que um homem andava muito perto ao seu lado; depois, virando a cabeça, que havia um outro colado às suas costas.

A ação foi tão rápida que o empregado mal se deu conta do desenrolar dos acontecimentos. Ele se lembrava bem das palavras murmuradas ao seu ouvido:

– Se quer continuar vivo, não faça besteira!

Arrancaram-lhe então violentamente a maleta. Um dos homens precipitou-se para um carro que vinha no sentido contrário, em marcha lenta junto à calçada. Ao ouvir uma detonação, o tesoureiro a princípio acreditou que disparavam contra ele. Mulheres gritaram e saíram correndo. Um segundo tiro foi acompanhado de um ruído de vidro quebrado.

Houve mais disparos, alguns diziam três, outros, quatro ou cinco.

Com o rosto corado, um homem se mantinha à distância com o comissário de polícia. Estava bastante emocionado, não sabendo ainda se o considerariam como um herói ou se lhe reprovariam o que fez.

Era o agente Margeret, do 1º *arrondissement*. Como estava de folga naquela tarde, não vestia o uniforme. No entanto, por que trazia a pistola no bolso? Ele teria que se explicar mais tarde.

– Eu ia buscar minha mulher que fazia compras... Presenciei o assalto... Quando os três homens se precipitaram em direção ao carro...

– Eram três?

– Um de cada lado do tesoureiro, um terceiro atrás...

O agente Margeret havia atirado. Um dos bandidos caiu de joelhos e ficou estendido na calçada, em meio às pernas das mulheres que se punham a correr.

O carro acelerou na direção da Saint-Augustin. O agente de trânsito apitou. Partiram disparos do veículo, que logo desapareceu no tráfego.

Durante dois dias, Maigret não teve muito tempo para pensar no seu tranqüilo suíço, e por duas vezes o inspetor Fumel o chamou ao telefone quando ele estava muito ocupado para atender.

Anotaram o nome e o endereço de umas cinqüenta testemunhas, inclusive da vendedora de bijus que tinha uma banca muito próxima, de um tocador de violino que mendigava a poucos passos e de dois garçons que trabalhavam no café defronte, bem como da moça do caixa que dizia ter visto tudo, embora as vidraças estivessem embaçadas.

Uma segunda pessoa fora atingida, um transeunte

de 35 anos, pai de família, morto por uma bala perdida sem saber o que se passava.

Pela primeira vez desde que começara essa série de assaltos, um membro da quadrilha fora pego, aquele que o agente Margeret, que passava casualmente no local, havia abatido.

– Eu quis mirar nas pernas para impedi-lo de fugir...

No entanto a bala atingira o homem na nuca e, no Hospital Beaujon, para onde uma ambulância o levou, ele permanecia em coma.

Lucas, Janvier e Torrence se revezavam à porta do quarto, esperando o momento em que ele pudesse enfim falar, pois não se descartava a possibilidade de salvá-lo.

Na manhã seguinte, como previra o motorista do carro de polícia, as ruas de Paris tinham uma camada de gelo fino. Estava escuro. Os carros avançavam lentamente. Caminhões da prefeitura espalhavam areia nas principais artérias.

O grande corredor da Polícia Judiciária estava cheio de gente que esperava em silêncio, e Maigret retomava pacientemente, com cada um, as mesmas perguntas, traçando sinais cabalísticos num mapa do local feito pelo serviço especializado da polícia.

Na noite mesma do assalto, ele fora a Fontenay-aux-Roses, à casa do gângster abatido, um certo Joseph Raison, cuja carteira de trabalho dizia ser ajustador mecânico.

Num apartamento amplo de um edifício novo, encontrou uma mulher loura e duas meninas, de seis e nove anos, fazendo seus deveres.

Joseph Raison, que tinha 42 anos, era realmente ajustador e trabalhava numa fábrica do Quai de Javel.

Possuía um Citroën e todo domingo levava a família a passear no campo.

A mulher dizia não compreender nada e Maigret a julgou sincera.

– Não entendo por que ele fez isso, sr. comissário. Éramos felizes. Compramos este apartamento há dois anos. Joseph ganhava bem. Não bebia, quase nunca saía sozinho...

O comissário a conduziu ao hospital Beaujon, enquanto uma vizinha ficava com as crianças. Ela pôde ver o marido por alguns instantes; depois, embora quisesse ficar, foi levada de volta para casa, por ordem dos médicos.

Agora era preciso achar uma pista no amontoado de depoimentos confusos e contraditórios. Alguns viram demais, outros, muito pouco.

– Se eu falar, esses caras vão me pegar...

Apesar de tudo, obteve-se uma descrição mais ou menos plausível dos dois homens que cercaram o tesoureiro, sobretudo do que lhe arrancou a maleta.

Mas foi só no fim da tarde que um dos garçons do café acreditou reconhecer Fernand numa das fotos que lhe mostraram.

– Ele entrou aqui uns dez ou quinze minutos antes do assalto e pediu um café-creme. Estava sentado numa mesa perto da porta, junto à vidraça...

No segundo dia após o drama, Maigret obteve um outro testemunho acerca de Fernand, que vestia, em 31 de janeiro, um grosso casacão marrom.

Não era grande coisa, mas indicava que o comissário não havia se enganado quando pensou que o ex-prisioneiro era o cabeça da quadrilha.

O ferido, no hospital, recuperara a consciência por alguns instantes, mas havia apenas murmurado:

– Monique...

Era o nome da sua filha caçula.

Maigret estava muito interessado numa outra descoberta: é que Fernand não recrutava mais seus homens exclusivamente entre os malfeitores.

O Ministério do Interior lhe telefonava de hora em hora, e ele enviava relatório atrás de relatório. Não podia sair da sua sala sem ser cercado por um grupo de jornalistas.

Às onze horas da sexta-feira, o corredor finalmente se esvaziou. Maigret conversava com Lucas, que vinha do Hospital Beaujon e lhe falava da operação que um conhecido cirurgião pretendia fazer no ferido. Bateram à porta. Ele exclamou, impaciente:

– Entre!

Era Fumel. Percebendo que o momento era inoportuno, ele se mostrou muito humilde. Devia ter pego um resfriado, pois seu nariz estava vermelho e os olhos úmidos.

– Posso voltar...

– Entre, entre!

– Acho que descobri uma pista... Ou melhor, foi a Brigada Móvel que descobriu para mim... Sei onde Cuendet esteve nas últimas cinco semanas...

Era um alívio e quase um repouso, para Maigret, ouvir falar do seu tranqüilo suíço.

– Em que bairro?

– No bairro onde já morou... Ele morava em um quarto num pequeno hotel da Rue Neuve-Saint-Pierre...

– Atrás da igreja Saint-Paul?

Uma rua estreita, antiga, entre a Saint-Antoine e os cais do Sena. Eram raros os carros que trafegavam ali e só havia umas poucas lojas.

– Conte.

– Parece ser um hotel de passagem. Mas há alguns quartos para mensalistas. Cuendet vivia ali sem se fazer notar, saindo de casa só para comer num restaurante chamado Petit Saint-Paul.

– Aquele defronte ao hotel?

– Uma casa do século XVIII, com um grande pátio e janelas altas, que foi inteiramente restaurada há alguns anos...

– Quem mora ali?

– Uma senhora sozinha, com seus empregados, é claro. Chama-se sra. Wilton.

– Tomou informações sobre ela?

– Comecei, mas no bairro não sabem dizer quase nada.

De uns dez anos para cá, era moda, entre pessoas muito ricas, comprar velhos prédios do Marais, da Rue Francs-Bourgeois, por exemplo, e restaurá-los para que voltassem mais ou menos a seu estado original.

A coisa começou na Île Saint-Louis e agora se buscavam antigas mansões em toda parte, onde quer que fosse, mesmo nas ruas mais populosas.

– Tem até uma árvore no pátio... Não se vêem muitas árvores no bairro...

– Essa senhora é viúva?

– Divorciada. Procurei um jornalista a quem passo às vezes informações não-sigilosas... Dessa vez foi ele que me ajudou... Embora divorciada, ela ainda vê com freqüência o ex-marido e os dois chegam a sair juntos...

– Como ele se chama?

– Wilton. Stuart Wilton. Parece que ela conservou o nome com a autorização dele. Seu nome de solteira, que descobri na delegacia do bairro, é Florence Lenoir. A mãe passava roupa na Rue de Rennes, e o pai, há muito falecido, era agente de polícia. Ela fez teatro. Segundo o meu jornalista, dançava com uma trupe de *girls* no Casino de Paris, e Stuart Wilton, já casado, se divorciou para desposá-la...

– Há quanto tempo?

Maigret rabiscava sua folha de papel mata-borrão, evocando Honoré Cuendet à janela do pequeno hotel suspeito.

– Uns dez anos apenas... A mansão pertencia a Wilton. Ele possui uma outra, onde mora atualmente, em Auteuil, e também o castelo de Besse, perto de Maisons-Laffitte...

– Tem cavalos de corrida?

– Pelas minhas informações, não; é um freqüentador assíduo do jóquei, mas não possui cavalos.

– Americano?

– Inglês. Vive na França há muito tempo.

– De onde vem sua fortuna?

– Sigo repetindo o que me contaram. Ele pertence a uma família de grandes industriais e herdou um certo número de patentes. Isso lhe rende muito dinheiro sem que precise trabalhar. Viaja numa parte do ano, todo verão aluga uma *villa* em Cap-d'Antibes ou em Cap-Ferrat e é sócio de vários clubes. Meu jornalista afirma que é um homem muito conhecido, mas apenas num círculo fechado do qual raramente se fala nos jornais...

Maigret levantou-se, suspirando, pegou o sobretudo no cabide e envolveu o pescoço com o cachecol.

– Vamos! – disse ele.

E a Lucas:

– Se me chamarem, estarei aqui dentro de uma hora.

Por causa da camada de gelo, as ruas estavam quase tão desertas como no mês de agosto e não havia uma única criança brincando na estreita Rue Neuve-Saint-Pierre. A porta entreaberta do Hotel Lambert tinha no alto um globo leitoso e, na recepção que cheirava a mofo, um homem, com as costas coladas ao aquecedor, lia o jornal.

Ele reconheceu o inspetor Fumel e resmungou ao se levantar:

– Os aborrecimentos estão começando, pelo que vejo!

– Não terá nenhum aborrecimento se colaborar. O quarto de Cuendet está ocupado?

– Ainda não. Ele pagou um mês adiantado. Eu poderia alugá-lo em 31 de janeiro, mas, como as coisas dele ainda estão lá, preferi esperar.

– Quando foi que ele desapareceu?

– Não sei. Deixe-me ver: se não me engano, foi no sábado passado... Sábado ou sexta-feira... Poderão perguntar à camareira...

– Ele avisou que se ausentaria?

– Não disse absolutamente nada. Aliás, nunca dizia nada.

– Na noite do seu desaparecimento, ele saiu tarde?

– Foi minha mulher que o viu. À noite, os hóspedes que entram com uma mulher não gostam de ser recebidos por um homem. Isso os incomoda. Então...

– Ela não lhe falou a respeito dele?

– Claro que sim. Aliás, poderão interrogá-la daqui a pouco. Ela não tardará a descer.

O ar estava estagnado, aquecido, com um cheiro que lembrava um pouco os desinfetantes usados no metrô.

– Pelo que ela me disse, ele não saiu para jantar nessa noite.

– Excepcionalmente?

– Acontecia algumas vezes. Ele comprava algo para comer e o víamos subir a escada com pequenos embrulhos e jornais. Dizia boa-noite e não o ouvíamos mais até o dia seguinte.

– Nessa noite ele voltou a sair?

– Deve ter saído, pois não estava mais no quarto na manhã seguinte. Mas ver mesmo, minha mulher não o viu. Ela havia ido com um casal até o final do corredor do primeiro andar. Foi buscar toalhas no armário e então ouviu alguém descendo a escada.

– Que horas eram?

– Meia-noite passada. Ela quis ver quem era, mas, até fechar o armário e percorrer o corredor, o homem já havia saído...

– Quando souberam que ele não estava mais no quarto?

– Na manhã seguinte. Certamente por volta das dez ou onze horas, quando a camareira bateu à porta para limpar o quarto. Ela entrou e viu que a cama não havia sido desarrumada.

– Comunicou o desaparecimento do seu locatário à polícia?

– Por que faria isso? Ele é livre, não? E pagou. Sempre obrigo a pagarem com antecedência. Às vezes, alguns vão embora sem dizer nada...

– Deixando seus pertences?

– Deixando o que não lhes serve mais!

– Leve-nos até o quarto dele.

O dono do hotel arrastou as pantufas no soalho, saiu da recepção com os policiais, girou a chave na porta de entrada e a pôs no bolso. Não era muito idoso, mas andava com dificuldade e resfolegava ao subir a escada.

– É no terceiro andar... – suspirou.

Havia uma pilha de lençóis no patamar do primeiro andar e várias portas que davam para o corredor estavam abertas; uma empregada fazia a limpeza num dos quartos.

– Sou eu, Rose! Estou subindo com estes senhores...

O cheiro se tornava mais neutro à medida que avançavam e, no terceiro andar, não havia mais tapete no corredor. Alguém, num quarto, tocava gaita de boca.

– É aqui...

Via-se o número 33, mal pintado, na porta. O quarto já cheirava a mofo.

– Deixei tudo no lugar.

– Por quê?

– Achei que ele voltaria... Tinha uma boa aparência e não sei o que veio fazer aqui, pois se vestia bem e parecia ter dinheiro...

– Como sabe que tinha dinheiro?

– Nas duas vezes em que pagou, vi notas graúdas na carteira...

– Ele nunca recebia visitas?

– Eu e minha mulher nunca vimos ninguém. Um de nós dois está sempre na recepção.

– Neste momento, não.

– Claro, às vezes a deixamos por alguns minutos, mas ficamos atentos, e os senhores notaram que avisei a empregada...

– Ele não recebia cartas?

– Nunca.

– Quem ocupa o quarto vizinho?

Havia só um, pois o 33 ficava na extremidade do corredor.

– Olga. Uma prostituta.

O homem sabia que era inútil mentir, que a polícia não ignorava o que se passava no seu hotel.

– Ela está?

– A esta hora deve estar dormindo.

– Bem, o senhor pode nos deixar.

Ele se afastou, mal-humorado, arrastando a perna. Maigret fechou a porta do quarto e começou por abrir um armário simples, de pinho envernizado, cuja fechadura não funcionava.

Não descobriu muita coisa: um par de sapatos pretos bem engraxados, pantufas quase novas e um terno cinza pendurado num cabide. Havia também um chapéu de feltro de uma marca comum.

Numa gaveta, seis camisas brancas, uma azul-clara, cuecas, lenços e meias de lã. Na gaveta do lado, dois pijamas e livros: *Impressões de viagem à Itália*, *Medicina para todos* (editado em 1899) e um romance de aventuras.

A cama era de ferro; um veludo verde-escuro cobria uma mesa redonda, e a única poltrona do quarto estava afundada. As cortinas, emperradas no varão, não fechavam mais, e quebra-luzes atenuavam a claridade.

De pé, Maigret olhava a casa defronte, primeiro o pátio, onde se via um grande carro preto de marca inglesa, a escada de vários degraus e a porta envidraçada de dois batentes.

Fora feita uma limpeza na fachada, de um tom cinza-claro muito suave, e em volta das janelas havia delicadas molduras.

Uma luz estava acesa no andar de baixo, iluminando um tapete de desenhos complicados, uma poltrona Luís XV e uma mesinha de centro.

As janelas do primeiro andar eram muito altas, as do segundo, em forma de mansarda.

A mansão, mais larga do que alta, não devia ter tantas peças como se podia supor à primeira vista.

Duas janelas do primeiro andar estavam abertas e um criado, vestindo um colete listado, passava o aspirador numa peça que parecia ser um salão.

– Você dormiu a noite passada, Fumel?

– Sim, chefe. Quase oito horas.

– Está com fome?

– Ainda não.

– Enviarei alguém daqui a pouco para substituí-lo. Quero que se instale na poltrona diante da janela. Se não acender a luz, não poderão vê-lo da casa em frente.

Não era o que Cuendet fizera durante cerca de seis semanas?

– Observe quem entra e quem sai e, se vierem carros, tente anotar a placa.

Um instante depois, Maigret dava pequenas batidas à porta vizinha. Precisou esperar algum tempo até ouvir o rangido das molas de um colchão e passos no soalho. A porta foi apenas entreaberta.

– O que é?

– Polícia.

– Outra vez?

Resignada, a mulher acrescentou:

– Entre!

Estava de camisola, de olhos inchados. A maquiagem, que não havia tirado antes de se deitar, se espalhara no rosto, deformando-lhe os traços.

– Posso deitar de novo?

– Por que disse: outra vez? A polícia esteve aqui recentemente?

– Não aqui, mas na rua. Nas últimas semanas ela não pára de nos aporrinhar, e em um mês dormi pelo menos seis vezes na prisão. Que foi que eu fiz desta vez?

– Nada, espero. E peço-lhe que não fale da minha visita.

– Você não é dos Costumes?

– Não.

– Parece que já vi sua foto em algum lugar.

Sem a maquiagem borrada e os cabelos mal tingidos, não seria uma mulher feia; um pouco gorda, mas vigorosa, de olhos ainda vivos.

– Comissário Maigret.

– O que aconteceu?

– Ainda não sei dizer. Mora aqui há muito tempo?

– Desde que voltei de Cannes, em outubro. Sempre trabalho no verão em Cannes.

– Conhece seu vizinho?

– Qual?

– O do 33.

– O suíço?

– Como sabe que ele é suíço?

– Por causa do sotaque. Também estive na Suíça, há três anos. Trabalhava num cabaré de Genebra, mas não renovaram o meu visto de permanência. Acho que lá eles não gostam de concorrência.

– Ele falou com você? Veio ao seu quarto?

– Eu é que fui ao quarto dele. Uma tarde, ao me levantar, vi que estava sem cigarros. Eu já o havia encontrado no corredor e ele sempre me cumprimentou com gentileza.

– E o que houve?

Ela fez um movimento expressivo com o rosto, ao responder:

– Exatamente nada! Bati à porta, ele demorou algum tempo para abrir. Perguntei-me o que estaria fazendo. No entanto, estava vestido e não havia mais ninguém no quarto, tudo bem arrumado. Vi que fumava cachimbo, tinha um na boca. Eu disse a ele:

"– Por acaso tem cigarros?

"Ele respondeu que não, que lamentava, e, após uma hesitação, propôs ir comprá-los para mim.

"Eu estava vestida como quando lhe abri a porta, somente com a camisola sobre o corpo. Havia uma barra de chocolate em cima da mesa e, quando ele viu que eu olhava, me ofereceu um pedaço.

"Achei normal. Vizinhos costumam agir assim. Pus-me a comer o pedaço de chocolate e dei uma espiada no livro que ele estava lendo, alguma coisa sobre a Itália, com velhas gravuras.

"– Você não se aborrece, sozinho? – perguntei a ele.

"Estou certa de que ele estava a fim de mim. Não porque eu me ache muito atraente. Em certo momento, vi que ele hesitava e então, de repente, gaguejou:

"– Preciso sair. Estão me esperando..."

– É tudo?

– Acho que sim. As paredes aqui não são grossas, ouvem-se os ruídos de um quarto a outro. E à noite ele não devia ter muita chance de dormir, se entende o que quero dizer.

"Ele nunca se queixou de nada. O banheiro, como deve ter notado ao subir, fica na outra ponta do corredor, junto da escada. Uma coisa que posso lhe dizer é que ele não se deitava cedo, pois duas vezes, pelo menos, o encontrei no meio da noite se dirigindo ao banheiro, completamente vestido."

– Costuma dar uma espiada de vez em quando na casa da frente?

– A casa da louca?

– Por que a chama de louca?

– Por nada. Sei lá, porque ela me parece louca. Daqui se percebe muito bem. À tarde não tenho nada para fazer e às vezes olho pela janela. As cortinas da casa da frente raramente estão fechadas e isso permite admirar os lustres, quando escurece. Enormes lustres de cristal, com dezenas de lâmpadas...

"O quarto dela fica bem na frente do meu. É talvez a única peça em que fecham as cortinas no fim da tarde, mas elas são abertas de manhã, e aí parece que ela não se dá conta de que se pode vê-la andando para lá e para cá completamente nua. Será que faz isso de propósito? Há mulheres que têm esse vício.

"Ela tem duas camareiras para ajudá-la, mas chama também o criado quando está assim despida.

"Em certos dias, o cabeleireiro vem no meio ou no fim da tarde, e então ela põe os seus melhores vestidos.

"Devo admitir que está bem conservada para a sua idade..."

– Que idade lhe dá?

– Uns 45 anos. Mas com mulheres que se cuidam, como ela, não se pode ter certeza.

– Ela recebe muitas visitas?

– Às vezes vejo dois ou três carros no pátio, raramente mais. Na maioria das vezes é ela que sai. Sem falar do gigolô, é claro!

– Que gigolô?

– Não estou dizendo que seja um verdadeiro gigolô. Mas é muito jovenzinho para ela, não deve ter nem trinta anos. Um moço bonito, alto, moreno, vestido como um manequim, e que dirige um carro maravilhoso.

– Ele vem vê-la com freqüência?

– Nem sempre estou à janela, também tenho meu trabalho, não é mesmo? Tem dias que começo às cinco da tarde e não me sobra muito tempo para bisbilhotar. Suponho que ele vem uma ou duas vezes por semana. Ou três.

"O certo é que de vez em quando ele dorme na casa dela. Geralmente levanto tarde, mas nos dias de visita sou obrigada a sair bem cedo. Parece que seus colegas dos Costumes escolhem de propósito essas horas! Pois bem, umas duas ou três vezes, o carro do gigolô, como eu chamo, ainda estava no pátio às nove horas.

"Quanto ao outro..."

– Há um outro?

– O velho, ora! O paizão.

Maigret não pôde deixar de sorrir ao escutar essa maneira de Olga interpretar os fatos.

– Que foi? Eu disse uma besteira?

– Continue.

– É um senhor muito chique, de cabelos prateados, que vem às vezes de Rolls Royce e que tem o mais lindo motorista que já vi.

– Ele também dorme de vez em quando aí?

– Acho que não. Nunca fica muito tempo. Se minhas lembranças são exatas, nunca o vi à noite. Vem sempre por volta das cinco horas. Certamente para o chá...

Ela parecia feliz de mostrar assim que sabia que algumas pessoas, num universo muito distante do dela, tomam chá às cinco da tarde.

– Suponho que não vai me dizer por que está me fazendo essas perguntas.

– É verdade.

– E devo me calar?

– Insisto muito que sim.

– Seria melhor para mim, não é mesmo? Não tenha medo. Algumas colegas já haviam me falado de você, mas eu o imaginava mais velho.

Ela sorriu, com o corpo levemente arqueado sobre o cobertor.

Após um curto silêncio, murmurou:

– Não?

E ele respondeu, sorrindo:

– Não.

Ela deu uma risada.

– Igual ao meu vizinho!

Depois, novamente séria:

– Que foi que ele fez?

Maigret esteve a ponto de dizer a verdade. Estava tentado a isso. Sabia que podia contar com ela. Sabia também que ela era capaz de compreender mais coisas que o juiz de instrução Cajou, por exemplo. Será que ela, se fosse informada, não apontaria algumas pistas que ele não percebia?

Mais tarde, se fosse necessário.

Ele caminhou até a porta.

– Você voltará?

– É provável. Como é a comida no Petit Saint-Paul?

– A dona é quem cozinha e, se gosta de lingüiça de porco, encontrará as melhores do bairro. Só que as toalhas são de papel e a atendente é antipática.

Era meio-dia quando ele se dirigiu ao Petit Saint-Paul, onde pediu primeiro uma ficha para telefonar à mulher avisando que não voltaria para o almoço.

Ele não esquecera Fernand e seus gângsteres, mas um impulso mais forte o guiava.

CAPÍTULO V

Em realidade, era uma diversão que ele se oferecia, e isso lhe dava um pouco de remorso. Mas não muito; primeiro porque Olga não havia exagerado quanto à lingüiça, depois porque o *beaujolais*, ainda que um pouco espesso, estava delicioso, finalmente porque, num canto, sentado à mesa na qual o papel rugoso servia de toalha, ele podia ruminar à vontade.

A patroa, baixinha e gorda, com um coque grisalho no alto da cabeça, entreabria às vezes a porta da cozinha para dar uma espiada na sala, com um avental do mesmo azul que outrora a mãe de Maigret vestia, um azul mais escuro nas bordas e desbotado no meio, onde era mais esfregado na lavagem.

Era verdade também que a atendente, uma morena alta de rosto pálido, tinha uma expressão rabugenta, um olhar desconfiado. De vez em quando seus traços se crispavam como num acesso de dor, e o comissário teria jurado que ela tivera há pouco um aborto involuntário.

Havia operários em roupas de trabalho, alguns norte-africanos, uma vendedora de jornais vestindo um casaco masculino e com um boné na cabeça.

De que adiantava mostrar a foto de Cuendet à atendente ou ao patrão de bigodes que se ocupava do vinho? Do lugar que Maigret ocupava, o suíço, que provavelmente se sentava ali, podia vigiar a rua e a mansão, contanto que a cada três minutos limpasse o vidro embaçado.

Com toda a certeza, ele não fizera confidências a ninguém. Deviam achá-lo, como em toda parte, um homem tranqüilo, e num certo sentido era verdade.

Cuendet era, à sua maneira, um artesão, e Maigret, que pensava ao mesmo tempo nos bandidos da Rue La Fayette – era o que ele chamava ruminar –, considerava-o um tanto *démodé*, como esse restaurante, aliás, que não tardaria a dar lugar a um estabelecimento mais amplo onde os próprios fregueses se serviriam.

Maigret conhecera outros solitários, como o famoso Commodore, que usava monóculo, cravo vermelho na lapela e saqueava os maiores palácios, impecável e digno sob seus cabelos brancos, sem nunca ter sido pego em flagrante.

Esse jamais pusera os pés na prisão e ninguém sabe como foi seu fim. Retirou-se para o campo sob uma nova identidade ou passou os dias da velhice ao sol numa ilha do Pacífico? Foi assassinado por um vadio que cobiçava seu pé-de-meia?

Também havia bandos organizados naquela época, mas eles não trabalhavam da mesma maneira e sobretudo o recrutamento era diferente.

Vinte anos antes, num caso como o da Rue La Fayette, Maigret logo teria sabido onde investigar, em que bairro, até mesmo em que bistrô freqüentado pelos delinqüentes.

Eles mal sabiam, então, ler e escrever, e traziam a profissão estampada no rosto.

Agora eram técnicos. O assalto da Rue La Fayette, como os anteriores, fora preparado minuciosamente, e só por um acaso improvável um dos homens fora derrubado por um policial de folga que, contra os regulamentos, estava armado e que, descontrolado e correndo o risco de atingir um inocente na multidão, havia disparado.

Cuendet também se modernizara, é verdade. Uma frase da prostituta que morava no quarto vizinho voltava ao pensamento de Maigret. Ela falara de pessoas que tomam o chá das cinco. Para ela, era um mundo à parte. Para o comissário igualmente. Quanto ao suíço, ele se dera o trabalho de estudar com cuidado o cotidiano dessa gente.

Ele não quebrava vidraças, não utilizava pé-de-cabra, não danificava nada.

Na rua, os passantes andavam depressa, com as mãos nos bolsos, o rosto rígido de frio, cada um com seus pequenos problemas, suas pequenas preocupações na cabeça, cada um com seu drama pessoal e a necessidade, para todos, de fazer alguma coisa.

– A conta, senhorita...

Ela rabiscou os números num guardanapo de papel, mexendo os lábios e olhando às vezes a lousa na qual estavam escritos os preços dos pratos.

Ele voltou ao escritório a pé. Logo que se sentou à mesa, diante das pastas e dos cachimbos, Lucas apareceu à porta e eles abriram a boca ao mesmo tempo. O comissário foi o primeiro a falar.

– Precisamos enviar alguém para substituir Fumel na Rue Neuve-Saint-Pierre, no Hotel Lambert.

Não alguém que pertencesse ao que se poderia chamar de sua equipe pessoal, mas um homem como Loutie, por exemplo, ou como Lesueur. Nenhum dos dois estava livre, e foi Baron que deixou o Quai des Orfèvres, um pouco mais tarde, com instruções.

– E você? O que queria me dizer?

– Há novidades. O inspetor Nicolas talvez tenha descoberto alguma coisa.

– Ele está aqui?

– Está à sua espera.

– Faça-o entrar.

Era um homem discreto, pouco conhecido e, por essa razão, fora enviado a Fontenay-aux-Roses. Sua missão era obter informações, sem levantar suspeitas dos vizinhos da família Raison, dos fornecedores, dos empregados do estacionamento onde o gângster ferido deixava o carro.

– Ainda não sei, chefe, se isso nos levará a algum lugar, mas tenho a impressão de que pegamos a ponta do fio. Já ontem à noite fiquei sabendo que Raison e a mulher freqüentavam um outro casal que mora no edifício. Eram mesmo muito amigos. À noite costumavam ver televisão juntos. Quando iam ao cinema, uma das duas mulheres ficava cuidando das crianças, as suas e as da outra.

"Os Lussac, é o nome deles, são mais jovens que os Raison. René Lussac tem apenas 31 anos e a mulher, dois ou três anos menos. É muito bonita e eles têm um garotinho de dois anos e meio.

"Conforme suas instruções, me informei a respeito de René Lussac, que é representante comercial de uma loja de instrumentos de música. Ele também tem carro, um Renault Floride.

“Ontem à noite o segui no meu calhambeque quando saiu de casa depois do jantar. Não suspeitou que eu estava atrás dele, caso contrário teria se livrado de mim sem dificuldade.

“Foi até um café da Porte de Versailles, o Café des Amis, um lugar calmo, freqüentado por comerciantes do bairro que vão lá jogar cartas.

“Dois homens o esperavam e eles jogaram bisca como pessoas que têm o hábito de ocupar a mesma mesa.

“Isso me pareceu estranho. Lussac nunca morou nessa região. Perguntei-me por que vinha de tão longe para jogar cartas num estabelecimento tão pouco atraente.”

– Você estava no interior do café?

– Sim. Eu tinha certeza de que não me identificaram em Fontenay-aux-Roses e de que não havia risco algum de me mostrar. Ele nem reparou em mim. Os três jogavam normalmente, mas de vez em quando observavam a hora.

“Às nove e meia, exatamente, Lussac pediu uma ficha no caixa e se fechou na cabine telefônica, onde ficou cerca de dez minutos. Pude vê-lo através do vidro. Não telefonava para Paris, pois, após discar uma primeira vez, disse umas poucas palavras e repôs o aparelho no gancho. Sem sair da cabine, esperou e o telefone tocou alguns instantes depois. Ou seja, era uma ligação interurbana ou internacional.

“Quando voltou para a mesa, parecia preocupado. Disse algumas palavras aos outros dois, olhou ao redor com um ar desconfiado, depois fez um sinal para continuarem a partida.”

– Como são os outros dois?

– Saí antes deles e esperei no meu carro. Não valia mais a pena, pensei, seguir Lussac, que certamente retornaria a Fontenay-aux-Roses. Escolhi um dos seus companheiros, ao acaso. Cada um tinha o seu carro. O que me pareceu mais velho foi o primeiro a partir e o acompanhei até um estacionamento da Rue la Boétie. Deixou ali o carro e se dirigiu a um prédio da Rue de Ponthieu, atrás da Champs-Élysées, onde ocupa um quarto.

"Seu nome é Georges Macagne. Mandei verificar esta manhã pela Brigada Móvel. Depois fui até os arquivos e encontrei seu registro criminal. Foi condenado duas vezes por roubo de carro e uma vez por agressão com vítima..."

Quem sabe fosse, por fim, a ponta da meada, depois de várias semanas de buscas.

– Preferi não interrogar os donos do café.

– Fez muito bem. Vou pedir uma autorização do juiz de instrução e você irá à central telefônica tentar descobrir para quem René Lussac telefonou ontem à noite. Eles não farão nada sem uma ordem escrita.

Quando o inspetor saiu da sala, Maigret ligou para o Hospital Beaujon, teve dificuldade de conseguir falar com o inspetor de plantão à porta do quarto de Raison.

– Como ele está?

– Eu estava aguardando uns minutos para lhe telefonar. Foram buscar sua mulher, ela acabou de chegar. Dá para ouvir que chora no quarto dele. Espere. A enfermeira-chefe acaba de sair. Pode aguardar um instante na linha?

Maigret continuou ouvindo os ruídos abafados de um corredor de hospital.

– Alô! É realmente o que pensei. Ele morreu.

– Não falou?

– Nem sequer recuperou a consciência. Sua mulher está estendida no meio do quarto, com o rosto no chão, soluçando.

– Ela reparou em você?

– No estado em que se encontra, certamente não.

– Chegou de táxi?

– Não sei.

– Desça até a porta principal e espere. Siga-a aonde for, caso ela queira entrar em contato com alguém ou telefonar.

– Certo, chefe.

Talvez o caso estivesse perto do fim e se pudesse chegar, graças a um telefonema, a Fernand. Era bastante lógico que ele estivesse escondido em algum lugar no campo, não longe de Paris, provavelmente numa hospedaria mantida por uma ex-prostituta ou um ex-bandido.

Se o telefonema não desse em nada, ainda havia a possibilidade de percorrer esses lugares, mas com o risco de ser demorado, e nada provava que Fernand, que era o cérebro da quadrilha, não mudasse de refúgio todo dia.

Maigret ligou para o juiz de instrução encarregado do caso, colocou-o a par, prometeu um relatório que passou a redigir em seguida, pois o magistrado queria falar do assunto na mesma noite com o procurador.

Ele informava, entre outras coisas, que o carro que servira no assalto fora recuperado perto da Porte d'Italie; como era de se esperar, tratava-se de um carro roubado e, obviamente, nenhum indício foi encontrado, muito menos impressões digitais.

Estava em pleno trabalho quando o bedel, o velho Joseph, veio anunciar que o diretor da Polícia Judiciária lhe pedia que fosse até sua sala. Por um instante, Maigret achou que suas atividades no caso Cuendet haviam chegado aos ouvidos do chefe, sabe lá de que forma, e preparou-se para ser admoestado.

Em realidade, era um novo caso, o desaparecimento, três dias antes, da filha de dezessete anos de um figurão. Descobriu-se que ela fazia às escondidas um curso de arte dramática e que participara como figurante em filmes que ainda não haviam sido lançados.

– Os pais querem evitar que a notícia chegue aos jornais. É muito provável que ela tenha partido de livre e espontânea vontade...

Ele incumbiu Lapointe desse caso e voltou a mergulhar no relatório, enquanto diminuía cada vez mais a claridade nas janelas.

Às cinco horas, bateu à porta do seu colega do departamento de Informações Gerais, que parecia um oficial da cavalaria. Ali, nenhuma agitação, nada de correria como no departamento Criminal. As paredes estavam forradas de arquivos verdes e a fechadura era tão complicada como uma fechadura de cofre.

– Diga, Danet, conhece por acaso um certo Wilton?

– Por que me pergunta isso?

– Ainda é bastante vago. Falaram-me dele e gostaria de saber um pouco mais a seu respeito.

– Ele está envolvido em alguma história?

– Acho que não.

– Está falando de Stuart Wilton?

– Sim.

Danet o conhecia, portanto, assim como conhecia qualquer personalidade estrangeira que morasse em

Paris ou fizesse longas temporadas na cidade. Talvez houvesse mesmo, entre os classificadores verdes, um dossiê com o nome de Wilton, mas o chefe das Informações Gerais não fez nenhum gesto para pegá-lo.

– É um homem muito importante.

– Eu sei. Muito rico também, me disseram.

– Muito rico, sim, e um grande amigo da França. Aliás, escolheu viver aqui a maior parte do ano.

– Por quê?

– Primeiro porque gosta da vida parisiense...

– E depois?

– Talvez porque se sinta mais livre em nosso país do que do outro lado da Mancha. O que me intriga é que você venha me fazer tais perguntas, pois não vejo que relação possa haver entre Stuart Wilton e os seus serviços.

– Por enquanto nenhuma.

– É por causa de uma mulher que está interessado?

– Eu não diria que estou interessado nele. De fato, há uma mulher que...

– Qual delas?

– Ele foi casado várias vezes, não?

– Três vezes. E certamente se casará de novo, embora já esteja perto dos setenta.

– É muito chegado a mulheres?

– Muito.

Danet respondia contrariado, como se tocassem num círculo de pessoas que dizia respeito somente a ele.

– Suponho que somente aquelas com quem se casa.

– Claro.

– Que relações ele mantém com a última mulher?

– Fala da francesa?

– Sim, Florence, a que fez parte de uma trupe de dançarinas, pelo que me contaram.

– Mantém excelentes relações com ela, como aliás com as duas esposas anteriores. A primeira era filha de um rico negociante inglês e teve um filho dele. Ela voltou a casar e vive atualmente nas Bahamas.

“A segunda era uma jovem atriz. Não tiveram filhos. Viveram juntos só dois ou três anos e ele pôs à disposição dela uma *villa*, na Côte d’Azur, onde ela vive tranqüilamente.”

– E a Florence – murmurou Maigret – ele ofereceu uma mansão.

Danet franziu as sobrancelhas, desconfiado.

– É nela que está interessado?

– Ainda não sei.

– Porque ela não parece dar motivo a que falem dela. É verdade que nunca tive a ocasião de estudar Wilton sob esse ângulo. O que sei é o que contam num certo círculo de Paris.

“De fato, Florence mora numa das mansões que pertenceram ao ex-marido...”

– Na Rue Neuve-Saint-Pierre...

– Exato. Aliás, nem estou certo de que essa mansão seja dela. Como eu disse, Wilton, quando se divorcia, mantém relações amistosas com as ex-mulheres. Deixa-lhes as jóias, as peles, mas duvido que lhes ceda também a propriedade de uma mansão como essa de que está falando.

– E o filho?

– Ele também passa uma parte do tempo em Paris, porém menos que o pai. Pratica esqui na Suíça e na

Áustria, participa de ralis e de regatas na Côte d'Azur, na Inglaterra e na Itália e joga pólo...

– Sem profissão, portanto.

– Com certeza.

– Casado?

– Foi casado durante um ano, com uma modelo, e se divorciou. Ouça, Maigret, não quero jogar para ver quem é o mais esperto. Não sei aonde está querendo chegar, nem o que tem em mente. Peço-lhe apenas que não faça nada sem me falar. Quando digo que Stuart Wilton é um grande amigo da França, é verdade, e não é por nada que é comendador da Legião de Honra.

"Ele possui muito dinheiro investido em nosso país e é um homem a ser tratado com deferência.

"Sua vida privada não nos diz respeito, a menos que infrinja gravemente as leis, o que me surpreenderia muito.

"É um mulherengo. Para ser bem franco, eu não ficaria surpreso se soubesse que tem alguma mania oculta, mas isso também não me interessa.

"No que se refere ao filho e ao divórcio deste, posso repetir o que foi um boato na época, pois de todo modo ficará sabendo.

"Lida, a modelo com quem o jovem Wilton casou, era uma moça excepcionalmente bonita, de origem húngara, se não me engano... Stuart Wilton se opôs ao casamento. Mas o filho casou assim mesmo e, um belo dia, teria descoberto que sua mulher era amante do pai.

"Não houve escândalo. Nesse meio, os escândalos são raros, e entre gente fina há sempre conciliação. O filho pediu então o divórcio."

– E Lida?

– O que conto se passou há cerca de três anos. Desde então sua fotografia tem saído na imprensa, pois namorou sucessivamente várias personalidades internacionais e parece que hoje vive em Roma com um príncipe italiano. É o que queria saber?

– Não sei dizer.

Era verdade. Maigret sentia-se tentado a pôr as cartas na mesa e contar tudo ao colega. Mas os dois viam as coisas de um ponto de vista muito diferente.

Para voltar à frase que ouvira de manhã, o comissário Danet devia às vezes tomar o chá das cinco, ao passo que Maigret, ao meio-dia, almoçara num restaurante fuleiro com toalha de papel e na companhia de operários e norte-africanos.

– Voltarei a lhe falar do assunto quando tiver uma idéia. Sabe me dizer se Stuart Wilton está em Paris neste momento?

– Talvez esteja na Côte d'Azur. Posso verificar. É melhor que eu mesmo faça isso.

– E o filho?

– Mora no Hotel George V, na parte residencial, onde tem um apartamento anual.

– Obrigado, Danet.

– Seja prudente, Maigret.

– Prometo.

Não fazia sentido, para o comissário, ir bater à porta de Stuart Wilton e lhe fazer perguntas. No George V, por outro lado, lhe responderiam de uma forma polida, mas vaga.

O juiz Cajou sabia o que fazia ao divulgar seu comunicado à imprensa: o caso do Bois de Boulogne era um acerto de contas. O que significava que não havia motivo para se preocupar, nem para querer investigar demais.

Alguns crimes suscitam a emoção pública. Isso às vezes se deve apenas à personalidade da vítima, à maneira como foi morta ou ainda ao local onde ocorreu o crime.

Por exemplo, se Cuendet tivesse sido assassinado num cabaré da Champs-Élysées, ele teria tido direito a uma manchete na primeira página.

Mas era um morto quase anônimo, sem nada para chamar a atenção das pessoas que lêem o jornal no metrô.

Um condenado pela justiça que nunca cometera um crime sensacional e que poderiam, do mesmo modo, ter recolhido das águas do Sena.

No entanto, era ele, Cuendet, bem mais do que Fernand e sua quadrilha, que interessava Maigret, embora ele não tivesse o direito de se ocupar oficialmente do caso.

Para os gângsteres da Rue La Fayette, toda a polícia fora posta em alerta. Já em relação a Cuendet, o pobre Fumel, sem carro à sua disposição, sem ter certeza de que lhe reembolsariam os gastos com táxi se tivesse que tomar um, era o único encarregado das investigações. Ele deve ter ido à Rue Mouffetard, revistado o apartamento de Justine, feito perguntas que ela certamente respondeu a seu modo, com desconfiança.

Mesmo assim, ao chegar ao escritório, Maigret ligou para o Instituto Médico Legal. Em vez de se dirigir ao dr. Lamalle ou a um dos seus assistentes, preferiu falar com um rapaz do laboratório que conhecera e a quem tivera a ocasião de prestar um serviço.

– Diga, François, você assistiu à autópsia de Honoré Cuendet, o que encontraram no Bois de Boulogne?

– Eu estava lá, sim. O senhor não recebeu o relatório?

– Não sou eu o encarregado do inquérito, mas gostaria de saber.

– Compreendo. O dr. Lamalle acha que a vítima recebeu uns dez golpes. Primeiro foi atingido por trás, com tanta força que o crânio afundou e a morte foi instantânea... O senhor está sabendo que o dr. Lamalle vai muito bem? Ainda não se compara com o nosso bravo dr. Paul, mas aqui todos já gostam dele.

– E os outros golpes?

– Atingiram o rosto quando o homem estava deitado de costas.

– Com que tipo de instrumento se supõe que foi atingido?

– Isso foi muito discutido pelos médicos e inclusive vários testes foram feitos. Não parece ter sido uma faca, nem uma chave inglesa ou uma ferramenta do gênero, como é comum. Também não foi um pé-de-cabra ou um cassetete. Pelo que entendi, o objeto empregado apresentava várias asperezas. Além disso, era pesado e maciço.

– Uma estátua?

– É a suposição que eles fizeram no relatório.

– Foi possível determinar mais ou menos a hora da morte?

– Segundo eles, foi por volta das duas da madrugada. Entre uma e meia e três, porém mais certo por volta das duas.

– Ele sangrou muito?

– Não apenas sangrou, como também houve derramamento de matéria cervical. Ela ainda estava colada nos cabelos.

– Analisaram o conteúdo do estômago?

– Sabe o que continha? Chocolate ainda não digerido. Havia também álcool, não muito, que mal começara a penetrar no sangue.

– Obrigado, François. Se não lhe perguntarem nada, não diga que telefonei.

– Isso vale para mim também.

Um pouco mais tarde, Fumel telefonava ao comissário.

– Fui à casa da velha, chefe, e ela me acompanhou até o Instituto Médico Legal. É realmente ele.

– Como foi que ela reagiu?

– Manteve-se mais calma do que eu esperava. Quando propus levá-la de volta para casa, recusou e partiu sozinha em direção à estação do metrô.

– Você revistou o apartamento?

– Não encontrei nada, além de livros e revistas.

– Nenhuma fotografia?

– Uma foto antiga do pai, como soldado suíço, e um retrato de Honoré quando bebê.

– Anotações? Chegou a examinar os livros?

– Nada. O homem não escrevia nem recebia cartas. A mãe muito menos.

– Há uma pista que poderá seguir, com a condição de ser muito prudente. Um certo Stuart Wilton mora na Rue de Longchamp, onde possui uma mansão cujo número desconheço. Ele tem um Rolls Royce e um motorista. Provavelmente o carro é deixado junto à calçada ou em um estacionamento. Tente descobrir se, no interior, não há uma cobertura de assento em pele de gato selvagem.

"O filho de Wilton mora no Hotel George V e também tem um carro."

– Compreendido, chefe.

– Não é tudo. Seria interessante conseguir uma foto dos dois homens.

– Conheço um fotógrafo que trabalha na Champs-Élysées.

– Boa sorte!

Maigret passou meia hora assinando papéis e, quando deixou a Polícia Judiciária, em vez de tomar seu ônibus habitual, saiu andando em direção ao bairro Saint-Paul.

Continuava fazendo frio, e as luzes da cidade tinham um brilho diferente do brilho habitual, as silhuetas dos passantes eram mais escuras, como se os meios-tons estivessem apagados.

Quando dobrava a esquina da Rue Saint-Paul, ele ouviu uma voz que saía da penumbra:

– E aí, comissário?

Era Olga, vestida com um casaco de pele e encostada no vão de uma porta. Ocorreu-lhe pedir a ela uma informação que ia justamente procurar noutra parte, ainda mais que ela era a pessoa mais indicada para responder.

– Diga, quando quer beber um trago ou se aquecer depois da meia-noite, que lugar fica aberto no bairro?

– O Chez Léon.

– Um bar?

– Sim. Na Rue Saint-Antoine, bem na frente do metrô.

– Alguma vez encontrou lá o seu vizinho?

– O suíço? À noite, não. Uma vez ou duas à tarde.

– Ele bebia?

– Vinho branco.

– Obrigado.

E foi ela que falou, antes de voltar a bater os pés para se aquecer:

– Boa sorte!

Ele tinha uma foto de Cuendet no bolso e entrou no bar aquecido e úmido, pediu um copo de conhaque, arrependeu-se ao ver pela garrafa que era um conhaque caro, importado.

– Conhece este homem?

O patrão enxugou as mãos no avental antes de pegar a foto, que examinou com atenção:

– Que foi que ele fez? – perguntou, cauteloso.

– Está morto.

– Como? Ele se matou?

– O que o leva a pensar isso?

– Não sei... Não o via com freqüência... Três ou quatro vezes... Não falava com ninguém... Na última noite...

– Quando foi?

– Não posso dizer com exatidão... Na última quinta ou sexta-feira... Talvez sábado... Das outras vezes ele vinha beber um trago no balcão, à tarde, como quem tem sede...

– Só um?

– Digamos dois... Não mais... Não era o que se chama de um beberrão... Eu os reconheço à primeira vista...

– Que horas eram então?

– Depois da meia-noite... Espere... Minha mulher havia subido... Portanto, devia ser entre meia-noite e trinta e uma da madrugada.

– O que o faz lembrar-se bem?

– Primeiro, o fato de ser tarde da noite, há raros fregueses a essa hora, às vezes o motorista de um táxi que circula vazio... ou então tiras que vêm beber um trago clandestinamente... Lembro que havia um casal, que falava baixo, na mesa do canto... Fora isso, a sala estava vazia... Eu estava às voltas com a minha máquina de fazer café... Não ouvi os passos... E, quando me virei, ele estava apoiado no balcão... Fiquei surpreso...

– É por isso que se lembra dele?

– E também porque me perguntou se eu tinha um verdadeiro quirche, não imitação de quirche... São poucos os fregueses que o pedem... Peguei uma garrafa na fileira de trás, esta, veja, com palavras escritas em alemão no rótulo, e isso pareceu agradá-lo. Ele disse:

"– É do bom!

"Ficou um tempo aquecendo o copo entre as mãos e bebeu lentamente, de vez em quando olhando a hora no relógio. Compreendi que hesitava em pedir uma segunda dose e, quando estendi a garrafa, ele não resistiu.

"Não bebia por beber, mas porque gostava de quirche."

– Ele não falou com ninguém?

– Só comigo.

– Os fregueses da mesa do canto não prestaram atenção nele?

– Eram namorados. Eu os conheço. Vêm duas vezes por semana e ficam cochichando durante horas, olhando-se nos olhos.

– Não saíram pouco depois dele?

– Com certeza não.

– Notou alguém que pudesse estar espiando-o da calçada?

O homem levantou os ombros, como se lhe tivessem feito uma injúria.

– Há quinze anos eu cuido deste bar... – comentou.

Ou seja: nada de anormal podia acontecer sem que ele notasse.

Um pouco mais tarde, Maigret entrava no Hotel Lambert e, desta vez, a dona é que estava na recepção. Era mais jovem e mais desejável do que o comissário teria julgado depois de ver o marido.

– O senhor vem para o 33, não é? Há um cavalheiro lá em cima.

– Obrigado.

Na escada, ele precisou se encostar à parede para dar passagem a um casal que descia. A mulher cheirava a perfume e o homem desviou a cabeça com um ar de aborrecimento.

No quarto, à penumbra, viu Baron sentado na poltrona que puxara para junto da janela. Devia ter fumado um maço inteiro de cigarros, pois o ar estava sufocante.

– Nada de novo?

– Ela saiu há meia hora. Antes uma mulher veio vê-la, carregando uma grande caixa de papelão, uma costureira, suponho. As duas foram até o quarto de dormir e eu via apenas sombras se mexendo de um lado para o outro, depois imóveis, com uma delas ajoelhada como para fazer uma prova.

No térreo só havia luz no saguão de entrada. A escada estava iluminada até o segundo andar e, à esquerda, duas lâmpadas permaneciam acesas no salão, mas não o lustre principal.

À direita, uma camareira vestida de preto e branco, com uma touca de renda na cabeça, punha em ordem o budoar da patroa.

– A cozinha e a sala de refeições devem dar para os fundos. Ao observar daqui, fico me perguntando o que essa gente faz o dia inteiro. Contei pelo menos três empregados que andam para lá e para cá sem que se possa saber o que estão fazendo. Com exceção da costureira, não houve outras visitas. Essa mulher veio de táxi e foi embora a pé, sem a caixa de papelão. Um entregador, de bicicleta, trouxe pacotes. O criado os pegou, sem fazê-lo entrar na casa. Continuo?

– Está com fome?

– Um pouco, mas posso esperar.

– Vá.

– Não devo ficar até me substituírem?

Maigret sacudiu os ombros. De que adiantava?

Fechou a porta e passou a chave, enfiando-a depois no bolso. Embaixo, disse à mulher da recepção:

– Não alugue o 33 antes de eu lhe dar um sinal. Ninguém deve entrar lá, entendido?

Na rua, avistou de longe Olga que regressava de braços dados com um homem, e ficou contente por ela.

CAPÍTULO VI

Ele não imaginava que, ao sentar-se à mesa para jantar, um telefonema em breve o arrancaria da tranqüilidade um tanto afetada do seu apartamento, nem que dezenas de pessoas que naquele momento preparavam seus programas noturnos passariam uma noite diferente da que haviam previsto, e que até o amanhecer todas as janelas do Quai des Orfèvres ficariam iluminadas como nas noites de grande agitação.

No entanto, foi um jantar bastante agradável, cheio de intimidade, de compreensão sutil entre sua mulher e ele. Maigret falou da lingüiça de porco que comera ao meio-dia, no restaurante do bairro Saint-Antoine. Os dois haviam freqüentado juntos esse tipo de restaurante, outrora mais numerosos. Típicos de Paris, podiam ser encontrados em quase todas as ruas e eram de chamados restaurantes de motoristas.

Se a comida ali era boa, é porque os donos eram todos da província, do Auvergne, da Bretanha, da Normandia, da Borgonha, e conservaram não apenas as tradições mas também contatos, fazendo vir de sua terra presuntos, lingüiças, salsichas, às vezes até o pão colonial...

Ele pensou em Cuendet e em sua mãe, originários de Vaud, que haviam trazido para a Rue Mouffetard o sotaque arrastado dessa região, uma certa calma, um certo imobilismo que se assemelhava à preguiça.

– Não teve notícias da velha?

A sra. Maigret captara-lhe o pensamento nos olhos.

– Você esquece que oficialmente só estou encarregado neste momento dos assaltos. É mais grave, pois há ameaça aos bancos, às seguradoras, aos grandes negócios. Os gângsteres se modernizaram mais depressa que nós.

A mulher percebeu um toque de melancolia nessa frase. Ou, mais exatamente, de nostalgia. Mas ela também sabia que isso nunca durava muito tempo.

Nesses momentos, aliás, ele não tinha tanto medo da aposentadoria à sua espera dali a dois anos. O mundo mudava, Paris mudava, tudo mudava, homens e métodos. Sem essa aposentadoria, que às vezes imaginava como um bicho-papão, não se sentiria marginalizado num universo que não mais compreenderia?

Apesar de tudo, ele comia com apetite, lentamente.

– É um sujeito estranho! Nada fazia prever o que lhe aconteceu, no entanto a mãe se contentou em murmurar, quando me mostrei preocupado com seu futuro:

"*– Estou certa de que ele não me deixará sem nada...*"

Se era verdade, que providências Cuendet tomara, que planos havia arquitetado em sua cabeça?

Foi então, quando Maigret começava a sobremesa, que o telefone tocou.

– Quer que eu atenda?

Ele já estava de pé, com o guardanapo na mão. Ligavam do Quai. Era Janvier.

– Uma notícia que pode ser importante, chefe. O inspetor Nicolas acaba de me ligar. Foi localizada a chamada telefônica feita por René Lussac do café da Porte de Versailles.

"Trata-se de um número dos arredores de Corbeil, uma casa de campo à beira do Sena, pertencente a alguém que o senhor conhece, Rosalie Bourdon."

– A bela Rosalie?

– Sim. Entrei em contato com a Brigada Móvel de Corbeil. A mulher se encontra em casa.

Rosalie era outra que várias vezes passara longas horas na sala de Maigret no Quai. Estava agora perto dos cinqüenta anos, mas ainda era uma mulher atraente, boa de corpo, desembaraçada, sem papas na língua.

Começara a fazer o *trottoir* muito jovem, nos arredores da Place des Ternes, e aos 25 anos dirigia um bordel freqüentado pelos homens mais distintos de Paris.

Depois comandou, na Rue Notre-Dame-de-Lorette, um cabaré noturno de um tipo especial, chamado *La Cravache* [O Chicote].

Seu último amante, o homem da sua vida, foi um certo Pierre Sabatini, da quadrilha dos corsos, condenado a vinte anos de trabalhos forçados após ter matado dois membros da gangue dos marselheses, num bar da Rue de Douai.

Sabatini ainda tinha vários anos a cumprir em Saint-Martin-de-Ré. A atitude de Rosalie, no processo, fora patética e, pronunciada a sentença, ela tentou de todas as maneiras obter a autorização de casar com o amante.

Toda a imprensa falou do caso na época. Ela se dizia grávida. Alguns imaginaram que, na esperança do tal casamento, ela fizera um filho com o primeiro que apareceu.

Aliás, quando o ministério recusou o pedido, não se falou mais de maternidade e Rosalie desapareceu de circulação, retirando-se para uma casa de campo nos arredores de Corbeil de onde enviava regularmente cartas e encomendas ao prisioneiro. Todo mês viajava à ilha de Ré, e lá ficavam de olho nela, temendo que estivesse planejando a fuga do amante.

E em Saint-Martin, justamente, Sabatini dividia a cela com Fernand.

Janvier continuou:

– Pedi à polícia de Corbeil que vigiasse a casa de campo. Vários homens estão nos arredores neste momento.

– E Nicolas?

– Mandou dizer que irá à Porte de Versailles. De acordo com o que viu ontem, a impressão dele é que Lussac e os dois amigos se reúnem ali toda noite. Ele prefere se instalar no café antes de eles chegarem, para não chamar a atenção.

– Lucas ainda está no escritório?

– Acaba de chegar.

– Diga-lhe para deixar alguns homens preparados esta noite. Volto a ligar daqui a pouco.

Ele telefonou para o Ministério do Interior, só conseguindo ser atendido pelo substituto de plantão.

– Desejo falar com o procurador Dupont d'Hastier.

– Ele não está.

– Eu sei. Mas preciso falar com ele com urgência. É a respeito dos últimos assaltos e, provavelmente, de Fernand.

– Vou tentar localizá-lo. Está no Quai?

– Em minha casa.

Deu o número e, a partir daí, os acontecimentos se sucederam com rapidez. Mal teve tempo de terminar a sobremesa e o telefone já tocava de novo. Era o procurador.

– Disseram-me que prendeu Fernand.

– Ainda não, sr. procurador, mas talvez tenhamos uma chance de pegá-lo esta noite.

Em poucas frases, colocou-o a par do que se passava.

– Encontre-me no meu escritório daqui a um quarto de hora. Estou na casa de uns amigos, mas saio em seguida. Entrou em contato com a polícia de Corbeil?

A sra. Maigret preparou-lhe um café bem forte e tirou da cristaleira a garrafa de licor de framboesa.

– Cuide para não pegar frio. Acha que irá até Corbeil?

– Eu ficaria surpreso se me dessem essa chance.

Ele não se enganava. No Palácio da Justiça, num dos amplos escritórios do Ministério do Interior, encontrou não apenas o procurador Dupont d'Hastier, de *smoking*, mas também o juiz de instrução Legaille, encarregado do dossiê dos assaltos, bem como um velho colega da outra casa, a da Rue des Saussaies: o comissário Buffet.

Buffet era mais alto e mais corpulento que ele, tinha a pele avermelhada e os olhos sempre sonolentos, o que não o impedia de ser um dos policiais mais temidos.

– Sente-se, Maigret, e diga o que sabe exatamente.

Antes de deixar o Boulevard Richard-Lenoir, ele tivera uma nova conversa telefônica com Janvier.

– Espero notícias aqui, de um instante a outro. Posso já lhe afirmar que há um homem, há alguns dias, na casa de Rosalie Bourdon, em Corbeil.

– Nossos policiais viram esse homem? – perguntou Buffet, que tinha uma voz muito fina para um corpo tão grande, quase uma voz de mulher.

– Ainda não. Mas vizinhos falaram dele e a descrição corresponde bem à de Fernand.

– Cercaram a casa?

– De longe, para não dar na vista.

– Há várias saídas?

– Com certeza, mas a situação também se desenvolve noutra parte. Como eu disse há pouco por telefone ao procurador, Lussac é um amigo de Joseph Raison, o bandido que foi morto na Rue La Fayette e que morava no mesmo prédio que ele, em Fontanay-aux-Roses. E Lussac freqüenta, com pelo menos dois companheiros, um café da Porte de Versailles, o Café des Amis.

"Ontem à noite eles jogavam cartas e, às nove e meia, Lussac se fechou na cabine telefônica para fazer uma ligação a Corbeil.

"Parece que é desse modo que os três homens se mantêm em contato com o chefe. Espero um telefonema de um momento a outro.

"Se eles se reunirem esta noite no mesmo local, o que não tardaremos a saber, teremos uma decisão a tomar."

Antigamente ele a teria tomado sozinho e essa espécie de conselho de guerra, numa sala do Ministério do Interior, não precisaria ocorrer. Seria mesmo impensável, a menos que fosse um caso político.

– Segundo uma testemunha, Fernand se achava, no momento do assalto, numa brasserie bem defronte ao local onde o tesoureiro foi atacado e onde os assaltantes, menos um, fugiram num carro.

"Esses homens levavam a maleta que continha o dinheiro.

"Desde então, é improvável, levando-se em conta sobretudo o acidente que houve, que Fernand tenha podido se encontrar com eles.

"Se é ele que se esconde na casa de Rosalie, deve estar passando toda noite suas instruções, por telefone, ao Café des Amis."

Buffet escutava com um ar sonolento. Maigret sabia que o colega da Segurança Nacional via as coisas da mesma forma que ele, considerava as mesmas possibilidades, os mesmos perigos. Era apenas para os senhores do Ministério do Interior que ele fornecia tantos detalhes.

– Mais cedo ou mais tarde, um dos cúmplices será encarregado de levar a Fernand a totalidade ou uma parte do dinheiro. Nesse caso, teríamos evidentemente uma prova absoluta. A espera pode durar vários dias. Até lá, é possível que Fernand busque um outro refúgio e, mesmo com a casa de campo cercada, pode escapar entre os nossos dedos.

"Por outro lado, se a reunião ocorrer esta noite, como ontem, no Café des Amis, temos a possibilidade de pegar os três homens, ao mesmo tempo em que agarraríamos Fernand em Corbeil."

O telefone tocou. O escrivão estendeu o aparelho a Maigret.

– É para o senhor.

Era Janvier, que fazia de certo modo a ponte.

– Os homens estão prontos, chefe. O que decidiu?

– Direi daqui a alguns minutos. Mande um de nossos homens, com uma assistente social, a Fontenay-aux-Roses, com a instrução de ligar para você quando chegar lá.

– Certo.

Maigret desligou.

– Qual é a decisão dos senhores?

– Não correr riscos – falou o procurador. – Acabaremos por encontrar provas, não é mesmo?

– Eles contarão com os melhores advogados, se recusarão a falar e por certo apresentarão excelentes álibis.

– Em contrapartida, se não os prendermos esta noite, corremos o risco de nunca mais prendê-los.

– Eu me encarrego de Corbeil – anunciou Buffet.

Maigret não tinha como protestar. A área estava fora do seu setor e competia à Segurança Nacional.

O juiz de instrução perguntou:

– Acha que vão atirar?

– Se puderem, é quase certo que sim, mas tentaremos não lhes deixar essa escolha.

Alguns minutos mais tarde, Maigret e o robusto comissário da Rue des Saussaies passavam de um mundo a outro ao atravessarem a porta que separa o Palácio da Justiça da Polícia Judiciária.

Nesta já se percebia a animação dos grandes dias.

– Antes de atacar a casa, é melhor esperar para saber se às nove e meia haverá um telefonema...

– Combinado. Mas prefiro estar lá com antecedência para preparar tudo. Telefonarei para saber em que pé você se encontra.

No pátio escuro e frio, já havia um carro preto e branco estacionado, aquecendo o motor, e um camburão cheio de policiais. O comissário de polícia do 16º devia estar nos arredores do Café des Amis, com todos os seus homens disponíveis.

No café, tranqüilos comerciantes conversavam sobre negócios e jogavam cartas sem suspeitar de nada. Ninguém reparou no inspetor Nicolas, que voltou a mergulhar na leitura de um jornal após dar um telefonema lacônico:

– Chegaram.

Isso significava que os três homens estavam ali, como na véspera, e que René Lussac olhava de vez em quando para o relógio, certamente a fim de não esquecer a ligação a Corbeil às nove e meia.

Lá, em volta da casa de campo, onde duas janelas do andar de baixo estavam iluminadas, homens aguardavam em seus postos, no escuro, entre poças de gelo.

Alertada, a central telefônica esperava. Às nove e trinta e cinco, um anúncio:

– Ligação para Corbeil.

E um inspetor, na mesa de escuta, pôs-se a gravar a conversa.

– E aí? – perguntou Lussac.

Não era um homem que respondia, mas Rosalie.

– Tudo bem, nada de novo.

– Jules está impaciente.

– Por quê?

– Está querendo partir em viagem.

– Fique na linha.

Ela deve ter conversado com alguém e depois voltou ao telefone.

– Ele disse que ainda é preciso esperar.

– Por quê?

– Porque sim!

– Aqui estão começando a nos olhar enviesado.

– Um instante.

Novo silêncio. Ela retornou:

– Amanhã certamente haverá novidades.

Buffet chamava, de Corbeil:

– Ele ligou?

– Sim, Lussac telefonou. Foi a mulher que respondeu, mas há alguém perto dela. Parece que um certo Jules, que pertence à quadrilha, começa a se impacientar.

– Vamos lá?

– Às dez e quinze.

As duas ações precisavam ser simultâneas a fim de evitar que, se na Avenue de Versailles um dos homens escapasse por milagre, ele pudesse dar o alerta a Corbeil.

– Às dez e quinze.

Maigret deu as últimas instruções a Janvier.

– Quando ligarem de Fontenay-aux-Roses, mande prender a sra. Lussac, com ou sem mandato. Tragam-na até aqui e deixem a assistente social cuidando da criança.

– E a sra. Raison?

– Ela não. Por enquanto não.

Maigret tomou seu lugar na radiopatrulha e o carro partiu. Alguns transeuntes, na Porte de Versailles, olharam com curiosidade uma movimentação pouco comum no local: homens falando baixo e se esgueirando junto às casas, enquanto outros desapareciam como por magia nos cantos escuros.

Maigret entrou em contato com o comissário de polícia e traçou com ele o procedimento a seguir.

Mais uma vez, havia a escolha entre dois métodos. Podia-se esperar a saída dos três jogadores de cartas que eram avistados de longe, atrás da vidraça do café, cada um tendo, como na véspera, seu carro nas proximidades.

Parecia a solução mais simples. No entanto, era a mais perigosa, pois do lado de fora esses homens teriam maior liberdade de movimento e talvez o tempo de atirar. Aproveitando a confusão, um deles poderia entrar no carro e escapar.

– O café tem outra saída?

– Uma porta dá para o pátio, mas os muros são altos e a única saída é o corredor lateral do prédio.

Os preparativos não duraram mais de quinze minutos e não chamaram a atenção dos freqüentadores do Café des Amis.

Homens que podiam passar por moradores entraram por esse corredor e alguns deles se postaram no pátio.

Três outros, fingindo-se boêmios já meio alegrinhos, entraram no café e se sentaram à mesa vizinha dos jogadores de cartas.

Maigret olhava o relógio, como um chefe de estado-maior que espera a hora H, e, às dez e catorze, sozinho, empurrou a porta do café. Tinha o cachecol de tricô em volta do pescoço e a mão direita no bolso do sobretudo.

Precisou percorrer apenas dois metros e os bandidos não tiveram tempo de se levantar. De pé, muito perto deles, pronunciou à meia-voz.

– Não se mexam. Estão cercados. Mantenham as mãos em cima da mesa.

O inspetor Nicolas se aproximou.

– Passe as algemas.

Com um movimento brusco, um dos homens conseguiu derrubar a mesa e ouviu-se um ruído de vidro quebrado, mas dois inspetores já lhe imobilizavam os braços.

– Para fora...

Maigret se voltou para os outros fregueses.

– Não se assustem, senhoras e senhores... Simples operação de polícia...

Quinze minutos depois, os três homens eram desembarcados do camburão e conduzidos cada qual a uma sala do Quai des Orfèvres.

Houve uma chamada de Corbeil, era a voz fina do corpulento Buffet.

– Maigret? Tudo certo.

– Sem problemas?

– Ele conseguiu dar um tiro e feriu um dos meus homens no ombro.

– E a mulher?

– Estou com o rosto todo arranhado. Levo os dois assim que concluir as formalidades.

O telefone não parava de tocar.

– Sim, sr. procurador. Pegamos todos eles... Não. Não lhes fiz nem uma única pergunta. Estão em salas separadas e espero o homem e a mulher que Buffet vai me trazer de Corbeil...

– Seja prudente. Não esqueça que eles alegarão serem vítimas de brutalidade policial...

– Eu sei.

– E também que têm o direito de não falar sem a presença do advogado.

– Sim, sr. procurador...

Aliás, Maigret não tinha a intenção de interrogá-los imediatamente, preferia deixá-los de molho. Ele esperava a sra. Lussac.

Ela só chegou às onze da noite, porque o inspetor a encontrou deitada e ela demorou a se vestir e a explicar à assistente social os eventuais cuidados com o filho.

Era magra, de cabelos castanhos, bastante bonita, não devia ter mais de 25 anos. Estava pálida, com as narinas contraídas. Não dizia nada, evitava fazer o papel de mulher indignada.

Maigret a fez sentar-se diante dele, enquanto Janvier se instalava na ponta da mesa com lápis e papel.

– Seu marido se chama René Lussac e exerce a profissão de representante de comércio.

– Sim, senhor.

– Ele tem 31 anos de idade. Há quanto tempo estão casados?

– Quatro anos.

– Qual é o seu nome de solteira?

– Jacqueline Beaudet.

– Originária de Paris?

– De Orléans. Vim morar em Paris, na casa de minha tia, aos dezesseis anos.

– O que faz sua tia?

– É parteira. Mora na Rue Notre-Dame-de-Lorette.

– Onde conheceu René Lussac?

– Numa loja de discos e instrumentos musicais onde eu trabalhava como vendedora... Onde ele está, sr. comissário? Diga-me o que aconteceu. Desde que Joseph...

– Fala de Joseph Raison?

– Sim. Joseph e sua mulher eram nossos amigos. Moramos no mesmo prédio.

– Os dois homens saíam juntos com freqüência?

– De vez em quando, não muito. Desde que Joseph morreu...

– A senhora teme que o mesmo acidente aconteça a seu marido, não é?

– Onde ele está? Desapareceu?

– Não. Está aqui.

– Vivo?

– Sim.

– Ferido?

– Por pouco não se feriu. Ele está bem.

– Posso vê-lo?

– Por enquanto não.

– Por quê?

E sorriu de um jeito amargo.

– Que bobagem eu lhe fazer essa pergunta! Sei o que está buscando, a razão de me interrogar. Certamente imagina que será mais fácil fazer uma mulher falar do que um homem, não é verdade?

– Fernand foi preso.

– Quem é ele?

– Realmente não sabe quem é?

Ela o olhou bem nos olhos.

– Não. Meu marido nunca me falou dele. Sei apenas que alguém lhe dava ordens.

Embora tenha tirado um lenço da bolsa, para se controlar, não chorou.

– O senhor está vendo que é mais fácil do que imaginava. Há muito eu vinha sentindo medo e suplicando a René para não se meter com essa gente. Ele tem uma boa profissão. Éramos felizes. Mesmo não sendo ricos, não tínhamos uma vida ruim. Não sei quem foi que ele conheceu...

– Há quanto tempo?

– Seis meses atrás... Foi no começo do inverno... ou no fim do verão... Ainda bem que isso acabou, porque eu não agüentava mais... O senhor tem certeza de que aquela mulher saberá cuidar do meu filho?

– Quanto a isso não se preocupe.

– Ele é nervoso, como o pai. Agita-se durante a noite...

Parecia cansada, um pouco perdida, se esforçando por colocar os pensamentos em ordem.

– O que posso lhe afirmar é que René não atirou.

– Como sabe?

– Primeiro porque seria incapaz. Ele se deixou treinar por essa gente sem imaginar que a coisa seria tão grave.

– Ele lhe falava disso?

– De uns tempos para cá, vi que trazia mais dinheiro para casa do que o normal. Também passou a sair mais, quase sempre com Joseph Raison. Um dia encontrei uma pistola.

– E o que ele disse?

– Que eu não precisava ter medo, que dentro de alguns meses poderíamos ir viver tranqüilamente no sul da França. Ele queria abrir um estabelecimento comercial por conta própria, em Cannes ou em Nice...

Ela enfim chorava, com soluços curtos, abafados.

– No fundo, a culpa é do carro... Ele fazia questão de ter um Renault Floride... Pediu empréstimo... Depois chegou a hora de pagar... Quando ele souber que falei, ficará furioso... Talvez não queira mais viver comigo.

Ouviu-se um ruído no corredor e Maigret fez um sinal a Janvier para levar a moça para a sala vizinha. Ele reconhecera a voz de Buffet.

Escoltado por três, um homem com os punhos algemados apareceu à porta e logo olhou para Maigret com um ar de desafio.

– E a mulher? – perguntou o comissário.

– Está na outra ponta do corredor. É mais perigosa do que ele, pois arranha e morde.

Buffet estava, de fato, com o rosto arranhado e tinha sangue sobre o nariz.

– Entre, Fernand.

Buffet também entrou, enquanto os dois inspetores ficavam do lado de fora. O ex-condenado inspecionava o local ao redor e observou:

– Parece que já estive aqui.

Voltava a ser brincalhão, seguro de si.

– Suponho que vai me encher de perguntas, como da última vez. Mas vou avisando desde já que não responderei.

– Quem é o seu advogado?

– O mesmo de sempre, Gambier.

– Quer que o chamemos?

– Pessoalmente, nada tenho a dizer a ele. Mas, se achar divertido tirar o homem da cama...

Durante toda a noite, houve muita movimentação no Quai des Orfèvres, gente indo e vindo nos corredores e de sala em sala. Ouvia-se o matraquear das máquinas de escrever. O telefone não parava de tocar, pois o Ministério do Interior fazia questão de se manter informado e o juiz de instrução não dormira.

Um inspetor passou a maior parte do seu tempo preparando café, e às vezes Maigret encontrava um de seus colaboradores entre duas portas.

– Ainda nada?

– Ele não fala.

Nenhum dos três homens do Café des Amis reconhecia Fernand. Cada um representava a mesma comédia.

– Quem é ele?

E, quando os faziam ouvir a gravação do telefonema dado a Corbeil, respondiam:

– Isso é com o René. Suas histórias amorosas não nos interessam.

Este, por sua vez, respondia:

– Tenho o direito de ter uma amante, não?

A sra. Lussac foi colocada em presença de Fernand.

– A senhora o reconhece?

– Não.

– Que foi que eu disse?! – triunfou o ex-prisioneiro. – Essa gente nunca me viu. Saí de Saint-Martin-de-Ré sem um puto no bolso e um colega me deu o endereço de uma amiga, dizendo que ela me daria um rango. Eu estava na casa dela, na maior dureza...

O advogado Gambier chegou à uma da madrugada e logo levantou questões de direito.

Segundo o novo código de processo criminal, a polícia não podia deter aqueles homens por mais de 24 horas, a partir daí o caso dependia do Ministério do Interior e do juiz de instrução, a quem caberia assumir as responsabilidades.

No Palácio da Justiça, dúvidas já começavam a surgir.

A acareação entre a sra. Lussac e o marido não dera em nada.

– Diga a eles a verdade.

– Que verdade? Que tenho uma amante?

– A pistola...

– Um colega me deu essa pistola. E daí? Viajo com freqüência, dirijo sozinho meu carro na estrada...

De manhã seriam chamadas as testemunhas, todas as que já haviam desfilado no Quai des Orfèvres, os garçons do café da Rue La Fayette, o mendigo, os passantes, o agente de polícia à paisana que havia atirado.

Também de manhã seria vasculhada a moradia dos três homens detidos na Porte de Versailles e talvez, na casa de um deles, fosse encontrada a maleta.

Tudo isso era apenas rotina, uma rotina um pouco enjoada, cansativa.

– A senhora pode retornar a Fontenay-aux-Roses, mas a assistente social ficará em sua casa até segunda ordem...

Ele mandou que a acompanhassem. Ela mal se mantinha em pé e olhava em volta com olhos arregalados, como se não soubesse mais onde estava.

Enquanto seus homens continuavam a interrogar os prisioneiros, Maigret foi dar uma volta, a pé, recebendo no chapéu e nos ombros os primeiros flocos de neve. Um bar abria as portas, no Boulevard du Palais, e ele se sentou junto ao balcão para comer dois croissants quentes e beber duas taças de café.

Quando voltou ao escritório, às sete da manhã, com passos lentos e as pálpebras pesadas, ficou surpreso de encontrar Fumel.

– Você também tem novidades?

E o inspetor, muito excitado, pôs-se a falar com animação.

– Eu estava de serviço esta noite. Fui informado do que o senhor estava fazendo na Avenue de Versailles, mas isso não me dizia respeito e aproveitei para falar por telefone com colegas dos outros *arrondissements*. Todos eles têm a fotografia de Cuendet.

"Eu tinha certeza que um dia ou outro surgiria alguma coisa...

"Então, quando batia um papo com Duffieux, do 18º, falei do cara e Duffieux me disse que ia justamente me ligar a esse respeito.

"Ele trabalha com o inspetor Lognon, que o senhor conhece. Quando Lognon viu a foto, ontem de manhã, fez uma cara estranha e a enfiou no bolso sem dizer nada.

"A cara de Cuendet lhe lembrava alguém. Parece que ele saiu a fazer perguntas nos bares e pequenos restaurantes da Rue Caulaincourt e da Place Constantin-Pecqueur.

"O senhor sabe que, quando Lognon põe uma idéia na cabeça, ele vai atrás. Pois acabou batendo à porta certa, bem no alto da Rue Caulaincourt, numa brasserie chamada La Régence.

"Eles reconheceram Cuendet sem hesitar e disseram

a Lognon que ele ia seguidamente lá em companhia de uma mulher."

Maigret interrompeu:

– Desde quando?

– Isso é o que é mais interessante. Há muito anos, segundo eles.

– Eles conhecem a mulher?

– O garçom não sabe o nome, mas jura que ela mora numa das casas vizinhas, pois a vê passar toda manhã a caminho do mercado.

A Polícia Judiciária inteira estava às voltas com Fernand e seus gângsteres. Dentro de duas horas, os corredores estariam de novo repletos de testemunhas a quem seriam apresentados, sucessivamente, os quatro homens. Era trabalho para o dia inteiro, e as máquinas de escrever não parariam de registrar os depoimentos.

Sozinho no meio dessa agitação que não lhe dizia respeito, o inspetor Fumel, com os dedos amarelados pela nicotina dos cigarros que fumava quase até a brasa, a ponto de ter uma marca indelével acima do lábio, era o único que vinha conversar com Maigret acerca do suíço tranqüilo de quem ninguém mais falava.

Não era um caso encerrado? Não estava o juiz de instrução Cajou convencido de que não precisaria mais se preocupar com ele?

Já no primeiro dia a questão fora resolvida:

– *Acerto de contas...*

E o juiz não conhecia nem a velha Justine, nem a moradia da Rue Mouffetard, muito menos o Hotel Lambert e a suntuosa mansão defronte.

– Está cansado?

– Não muito.

– Vamos embora, nós dois?

Era quase como cúmplice que Maigret falava a Fumel, como se estivesse lhe propondo que gazeteassem a escola.

– Quando chegarmos lá, já terá amanhecido...

Ele deixou instruções a seus homens, parou na esquina para comprar fumo de cachimbo e, acompanhado do inspetor que tremia de frio, foi esperar o ônibus para Montmartre.

CAPÍTULO VII

Suspeitava Lognon que Maigret dava mais importância ao morto quase anônimo do Bois de Boulogne do que ao assalto da Rue La Fayette e à quadrilha que seriam grandes assuntos dos jornais no dia seguinte?

Se suspeitasse, não teria ele seguido o fio cuja ponta havia pego? Deus sabe então até onde teria ido na busca da verdade, pois ele era, sem dúvida, o policial de Paris com o melhor faro, o mais obstinado também, e o que mais desesperadamente queria ser bem-sucedido.

Era a má sorte que o perseguia, ou a convicção de que o destino estava definitivamente contra ele, de que ele seria, em suma, apenas uma vítima?

O fato é que acabaria sua carreira como inspetor na delegacia do 18º, assim como Aristide Fumel na do 16º. A mulher de Fumel partira sem deixar endereço; a de Lognon, doente, gemia e se queixava havia quinze anos.

No que se refere a Cuendet, a coisa acontecera meio ao acaso. Lognon, ocupado com outra coisa, passara a informação a um colega que, por sua vez, não dera importância a ela, limitando-se a mencioná-la incidentalmente a Fumel, por telefone.

A neve caía mais espessa e já começava a se acumular nos telhados, mas não nas ruas, para a tristeza de Maigret, que sempre ficava decepcionado de ver a neve se derreter no chão.

O ônibus estava muito aquecido. Os passageiros, em sua maior parte, permaneciam calados e olhavam reto para frente, as cabeças balançando da esquerda para a direita e da direita para a esquerda, com uma expressão fixa.

– Soube alguma coisa da cobertura?

Mergulhado em seus pensamentos, Fumel teve um sobressalto e repetiu, como se não tivesse compreendido de imediato:

– A cobertura?

Ele também estava com o sono atrasado.

– A de pele de gato selvagem.

– Olhei no carro de Stuart Wilton, não vi nenhuma cobertura de assento. O carro tem aquecimento e ar condicionado. E ainda um pequeno bar. Foi o mecânico da garagem que me disse.

– E o do filho?

– Costuma estacionar diante do Hotel George V. Dei uma espiada. Também não vi nenhuma cobertura.

– Sabe onde ele enche o tanque de gasolina?

– Na maioria das vezes, num posto da Rue Marbeuf.

– Foi até lá?

– Não tive tempo.

O ônibus parou numa esquina da Place Constantin-Pecqueur. As calçadas estavam quase vazias. Não eram ainda oito horas da manhã.

– Deve ser aquela brasserie.

Ela estava iluminada e um garçom varria a serragem no soalho. Era também uma brasserie à moda antiga, como se encontram cada vez menos em Paris, com baldes de metal para os panos de chão, um balcão de mármore onde o caixa devia ficar diante da máquina registradora, e espelhos em todas as paredes ao redor. Um cartaz recomendava chucrute com salsichas e cassoulet.

Os dois homens entraram.

– Você comeu?

– Ainda não.

Fumel pediu café com brioches, enquanto Maigret, que já havia tomado muito café durante a noite e estava com a boca pastosa, encomendou um copinho de cachaça.

Era como se a vida, lá fora, tivesse dificuldade de seguir adiante. Não era nem noite nem dia. Crianças se dirigiam à escola tentando abocanhar flocos de neve que deviam ter gosto de pó.

– Garçom, por favor...

– Sim, senhor?

– Conhece este homem?

O garçom olhou o comissário com um ar de entendido.

– O sr. é o comissário Maigret, não é mesmo? Eu o reconheci. O senhor veio aqui há dois anos com o inspetor Lognon.

Ele examinou a foto com complacência.

– Sim, é um freguês. Vem sempre com a dama dos chapéus.

– Por que dama dos chapéus?

– Porque toda vez está com chapéus diferentes, chapeuzinhos de senhora, elegantes. Na maioria das vezes, eles vêm jantar e se instalam ali no canto, ao fundo. São gentis. Ela adora chucrute. Não têm pressa. Depois bebem um café e degustam um licor, com as mãos enlaçadas.

– Faz tempo que freqüentam o estabelecimento?

– Muitos anos. Já nem sei quantos.

– Ela mora aqui no bairro?

– Já me fizeram essa pergunta. Deve ter um apartamento num dos prédios vizinhos, pois a vejo passar quase toda manhã com uma sacola de compras.

Por que a descoberta de uma mulher na vida de Honoré Cuendet deixava Maigret encantado?

Um pouco mais tarde, ele entrava com Fumel na portaria de um prédio onde estavam fazendo a triagem da correspondência.

– Conhece este homem?

A zeladora olhou com atenção e fez que não com a cabeça.

– Acho que já o vi, mas não posso dizer que o conheço. Em todo caso, nunca esteve aqui no prédio.

– Entre os moradores não há uma mulher que muda de chapéu com freqüência?

Ela olhou Maigret, espantada, ergueu os ombros e resmungou qualquer coisa que ele não compreendeu.

Também não tiveram sucesso no segundo prédio, nem no terceiro. No quarto, a zeladora fazia um curativo na mão do marido que se cortara ao carregar as latas de lixo.

– Conhece?

– Sim. Por quê?

– Ele mora no prédio?

– Fica uns tempos, mas não mora. É o namorado da senhora do quinto andar.

– Que senhora?

– A srta. Éveline, a modista.

– Faz tempo que ela vive no prédio?

– Pelo menos doze anos. Antes que eu mesma começasse a trabalhar aqui.

– Ele já era o namorado?

– Acho que sim. Não lembro bem.

– Chegou a vê-los nos últimos tempos?

– Quem? Ela? Eu a vejo todo dia, ora!

– E ele?

– Lembra a última vez que ele veio, Desiré?

– Não, mas faz um bocado de tempo.

– Ele costumava passar a noite?

A zeladora parecia achar o comissário ingênuo.

– Os dois são maiores de idade, não?

– Ele ficava vários dias seguidos?

– Até mesmo semanas.

– A srta. Éveline está em casa? Qual é o sobrenome dela?

– Schneider.

– Ela recebe muita correspondência?

O maço de cartas, diante da estante com compartimentos, não estava desfeito.

– Não muita.

– Quinto andar à esquerda?

– À direita.

Maigret foi ver na rua se havia luz nas janelas e, ao constatar que sim, dirigiu-se à escada com Fumel. Não havia elevador, mas a escada estava bem conservada e o prédio era limpo, tranqüilo, com capachos diante das portas e uma placa de cobre ou de esmalte em algumas delas.

Eles notaram a placa de um dentista no segundo

andar, de uma ginecologista no terceiro. De vez em quando Maigret parava para descansar. Ouvia-se um rádio.

No quinto, ele quase hesitou em tocar a campainha. Também havia rádio no apartamento, mas o som foi reduzido e passos se aproximaram da porta. Uma mulher baixinha, de olhos azuis e cabelos louros claros, vestindo não um roupão mas uma blusa doméstica, olhou para eles, enquanto segurava um pano de chão.

Maigret e Fumel estavam tão embaraçados quanto ela, pois viram primeiro a surpresa, depois o temor crescer nos seus olhos. Os lábios dela tremiam quando por fim murmurou:

– Os senhores me trazem uma má notícia?

Ela fez um sinal para que entrassem numa sala de estar na qual fazia a limpeza, e afastou o aspirador que se achava no caminho.

– Por que pergunta isso?

– Não sei... Uma visita, a esta hora, quando Honoré está ausente há tanto tempo...

Embora tivesse 45 anos de idade, parecia mais jovem. A pele não tinha rugas e as formas eram arredondadas e firmes.

– Os senhores são da polícia?

– Comissário Maigret. Meu companheiro é o inspetor Fumel.

– Honoré sofreu um acidente?

– De fato, eu lhe trago uma má notícia.

Ela ainda não chorava e se via que tentava se agarrar a frases sem importância.

– Sentem-se. Tirem o sobretudo, pois está muito quente aqui. Honoré gosta do calor. Não reparem na bagunça...

– A senhora gosta muito dele?

Ela mordia os lábios, tentando adivinhar a gravidade da notícia.

– Ele está ferido?

E, quase em seguida:

– Morreu?

Ela enfim chorava, com a boca aberta à maneira das crianças, sem pensar se ficaria feia. Ao mesmo tempo, agarrava os cabelos com as duas mãos e olhava ao redor como para buscar um canto onde se refugiar.

– Sempre tive esse pressentimento...

– Por quê?

– Não sei... Éramos felizes demais...

A peça era confortável, íntima, com móveis maciços, de boa qualidade, e alguns bibelôs que não eram de muito mau gosto. Por uma porta aberta, avistava-se a cozinha clara onde a mesa do café ainda estava posta.

– Não reparem... – ela repetiu. – Desculpem...

Abriu uma outra porta, a do quarto de dormir não iluminado, e se jogou na cama, de bruços, para chorar à vontade.

Maigret e Fumel se olhavam em silêncio, e o inspetor era o mais comovido dos dois, talvez porque nunca soubera resistir às mulheres, apesar dos dissabores que elas lhe causaram.

A cena durou menos tempo do que se podia temer, e ela foi até o banheiro, abriu a torneira da pia, retornou, com o rosto mais calmo, murmurando:

– Peço que me perdoem. Como foi que aconteceu?

– Ele foi encontrado morto no Bois de Boulogne. Não leu os jornais dos últimos dias?

– Não leio os jornais. Mas por que no Bois de Boulogne? O que ele teria ido fazer lá?

– Foi assassinado em outro lugar.

– Assassinado? Por que razão?

Ela fazia um esforço para não explodir novamente em soluços.

– Era seu namorado há quanto tempo?

– Mais de dez anos.

– Onde se conheceram?

– Aqui perto, numa brasserie.

– La Régence?

– Sim. Eu já fazia as refeições lá, de vez em quando. Reparei nele, sozinho no seu canto.

Isso não indicava que, por volta dessa época, Cuendet preparava um arrombamento no bairro? É provável. Examinando a lista de roubos cujos autores não foram descobertos, certamente se encontraria um cometido na Rue Caulaincourt.

– Não lembro como foi que iniciamos a conversa. O fato é que uma noite jantamos na mesma mesa. Ele me perguntou se eu era alemã e respondi que era da Alsácia. Nasci em Estrasburgo.

Ela esboçou um sorriso pálido.

– Nós dois nos divertíamos com o sotaque um do outro, pois ele conservou o sotaque do Vaud assim como conservei o meu.

Era um sotaque agradável, cantante. A sra. Maigret também era alsaciana e havia conservado mais ou menos o mesmo corpo, a mesma boa saúde.

– Começaram a namorar?

Ela se assoou sem se preocupar com o nariz vermelho.

– Ele nem sempre estava aqui. Raramente passava mais de duas ou três semanas comigo, depois partia em viagem. No começo me perguntei se não teria mulher e filhos numa cidade do interior. Alguns interioranos retiram a aliança quando vêm a Paris...

Ela parecia ter conhecido outros homens antes de Cuendet.

– Como soube que não era esse o caso dele?

– Ele não era casado, era?

– Não.

– Eu tinha certeza. Primeiro, percebi que ele não tinha filhos pela maneira como olhava as crianças na rua. Parecia resignado em não ser pai, mas tinha uma nostalgia. Além disso, quando estava aqui, não se comportava como um homem casado. É difícil explicar. Tinha pudores que um homem casado não tem mais. Na primeira vez, por exemplo, compreendi que ele estava constrangido por estar na minha cama, e ficou ainda mais constrangido de manhã, ao acordar...

– Ele nunca lhe falou da sua profissão?

– Não.

– Nunca lhe perguntou?

– Tentei descobrir, sem ser indiscreta.

– Ele lhe dizia que viajava?

– Que era obrigado a partir. Não dizia nem para onde ia, nem por quê. Um dia perguntei se a mãe dele ainda vivia e ele corou. Isso me fez pensar que talvez vivesse com ela. Em todo caso, ele tinha alguém para remendar suas roupas de baixo e suas meias, e que fazia isso sem muito cuidado. Os botões estavam sempre mal pregados, por exemplo, e eu brincava com ele.

– Quando foi que ele a deixou pela última vez?

– Há seis semanas. Posso verificar a data...

Ela perguntou em seguida:

– E quando foi que... isso aconteceu?

– Sexta-feira.

– Não entendo. Ele nunca carregava muito dinheiro consigo.

– Quando vinha passar algum tempo com a senhorita, ele trazia uma valise?

– Não. Se abrir o armário, verá seu robe, suas pantufas e, numa gaveta, camisas, meias e pijamas.

Ela apontou a lareira e Maigret viu três cachimbos, um deles de sepiolita. Também ali havia um aquecedor a carvão, como na Rue Mouffetard, uma poltrona perto do aquecedor, a poltrona de Honoré Cuendet.

– Desculpe a minha indiscrição. Sou obrigado a lhe fazer uma pergunta.

– Já sei. É sobre dinheiro?

– Sim. Ele lhe dava algum?

– Propôs me dar. Não aceitei, pois ganho bem no meu trabalho. Tudo o que permiti, porque ele insistiu e porque não gostaria de ficar aqui sem pagar, foi dividir o aluguel.

"Ele me dava presentes. Foi ele que comprou os móveis desta sala e arrumou meu ateliê de costura. Venha ver."

Era uma peça exígua, com móveis Luís XVI e uma profusão de espelhos.

– Foi ele também que pintou as paredes, inclusive as da cozinha, e pôs papel de parede na sala de estar, pois adorava fazer esse tipo de coisas.

– Que mais ele fazia?

– Saía a caminhar um pouco, não muito, sempre a mesma volta pelo bairro, como as pessoas que levam a passear o cachorro. Depois se sentava na poltrona e lia. Há montes de livros no armário, quase todos de viagem.

– Nunca viajou com ele?

– Passamos alguns dias na praia, em Dieppe, no segundo ano. Outra vez fomos de férias até a Sabóia e ele me mostrou as montanhas da Suíça, dizendo-me que era o seu país. Uma outra vez, ainda, fomos de ônibus de Paris a Nice e visitamos a Côte d'Azur.

– Ele gastava muito?

– Depende do que chama muito. Não era sovina, mas percebia quando lhe cobravam caro demais e examinava as contas de hotel e de restaurante.

– Acredito que já passou dos quarenta, não?

– Tenho 44 anos.

– Então tem uma certa experiência da vida. Nunca se perguntou por que ele levava essa existência dupla? Nem por que não se casava com a senhora?

– Conheci outros homens que não me propuseram casamento.

– Do mesmo tipo que ele?

– Não, é claro.

Ela refletiu.

– Claro que me fiz perguntas. No começo, como eu disse, acreditei que ele fosse casado numa cidade do interior e que vinha a Paris a negócios, várias vezes ao ano. Eu teria aceitado isso. Era tentador ter aqui uma mulher para acolhê-lo, um lar. Ele detestava hotéis, como notei quando viajamos a primeira vez. Não se sentia à vontade. Parecia sempre temer alguma coisa.

– Entendo.

– Depois, por causa do caráter dele e dos remendos nas meias, concluí que vivia com a mãe e que tinha vergonha de confessar. Muitos homens, mais do que se pensa, não se casam por causa da mãe, e aos cinqüenta anos ainda vivem com ela como garotinhos. Talvez fosse o caso dele.

– No entanto, ele precisava ganhar a vida.

– Podia ter um pequeno negócio em algum lugar.

– Nunca suspeitou que tivesse um outro tipo de atividade?

– Qual?

Ela era sincera. Era impossível que estivesse fingindo.

– Que está querendo dizer? Agora estou pronta para ouvir tudo. O que ele fazia?

– Era um ladrão, srta. Schneider.

– Ele? Honoré?

Ela riu de um modo nervoso.

– Não pode ser verdade!

– Ele roubou durante a vida inteira, desde os dezesseis anos, quando era aprendiz de um serralheiro de Lausanne. Fugiu de uma casa correcional, na Suíça, para entrar na Legião Estrangeira.

– Ele me falou da Legião quando descobri sua tatuagem.

– Também não disse que passou dois anos na prisão?

Ela se sentou, cruzou as pernas; escutava como se fosse de um outro Cuendet, não o dela, não Honoré, que estivessem falando.

De vez em quando, balançava a cabeça, ainda incrédula.

– Fui eu mesmo, senhorita, que o prendi muito tempo atrás, e desde então ele esteve várias vezes em minha sala. Não era um ladrão como os outros. Não tinha cúmplices, não fazia parte de quadrilhas, levava uma vida normal. De tempo em tempo preparava um golpe, a partir da leitura de jornais ou revistas, e durante semanas observava quem entrava e saía de uma casa...

"Até o momento em que, confiante, penetrava ali para se apoderar de jóias e dinheiro."

– Não é possível! Não dá para acreditar!

– Compreendo sua reação. No entanto, não está enganada no que se refere à mãe. Uma parte do tempo que Honoré não passava aqui, ele passava na casa dela, num sobrado da Rue Mouffetard onde tinha também suas ocupações.

– Ela sabe?

– Sim.

– Sempre soube?

– Sim.

– E o deixava fazer?

Não estava indignada, mas surpresa.

– Foi por isso que o mataram?

– Provavelmente.

– A polícia?

Ela se enrijeceu, menos cordial, menos confiante.

– Não.

– Foram pessoas da casa... da casa que ele queria roubar que o mataram?

– Suponho que sim. Escute. Não sou eu o encarregado do inquérito, mas o juiz de instrução Cajou. Ele passou algumas tarefas ao inspetor Fumel.

Este inclinou a cabeça.

– Esta manhã o inspetor está aqui oficiosamente, sem mandado. A senhorita tem o direito de não responder às minhas perguntas e às dele. Pode nos impedir de entrar na sua casa. E, se resolvêssemos revistar seu apartamento, estaríamos cometendo um abuso de poder. Está me entendendo?

Não. Maigret sentiu que ela não adivinhava onde ele queria chegar.

– Eu creio...

– Para ser mais preciso, tudo o que nos confiou a respeito de Cuendet não constará do relatório do inspetor. É possível, quando o juiz de instrução souber de sua existência e de suas relações com Honoré, que ele envie Fumel ou um outro inspetor munido então de um mandado formal.

– O que deverei fazer?

– Poderá então exigir a assistência de um advogado.

– Por quê?

– Digo que poderá, não é obrigada a isso por lei. Talvez Cuendet, além das roupas, dos livros e dos cachimbos, tenha deixado algumas coisas no seu apartamento...

Os olhos azuis exprimiam finalmente a compreensão. Tarde demais, pois a srta. Schneider já murmurava, como para si mesma:

– A valise...

– É normal que, vivendo aqui uma parte do ano, seu namorado tenha lhe confiado uma valise contendo objetos pessoais. Também é normal que tenha deixado a chave, recomendando, por exemplo, abri-la se lhe acontecesse alguma coisa...

Maigret teria preferido que Fumel não estivesse ali, e o inspetor, como se tivesse lido o seu pensamento, pareceu enfadado, com um ar ausente.

Quanto a Éveline, ela sacudia a cabeça.

– Não tenho a chave... Mas...

– Pouco importa, mais uma vez. Não é impensável que um homem como Cuendet tenha tomado a precaução de redigir um testamento pelo qual a encarregasse, após a morte, de algumas missões, nem que fosse a de cuidar da mãe dele...

– Ela é muito idosa?

– A senhorita a verá, pois parece que são as únicas mulheres na vida dele.

– Tem certeza?

Ela estava contente, apesar de tudo, e não pôde evitar que isso transparecesse no seu sorriso. Quando sorria, tinha covinhas como uma menininha.

– Não sei mais o que pensar.

– Quando tivermos partido, terá tempo de pensar à vontade...

– Diga-me, sr. comissário...

Ela hesitou, de repente corando até os cabelos.

– Ele... ele nunca matou ninguém?

– Posso garantir que não.

– Se tivesse dito que sim, eu não teria acreditado no senhor.

– Vou acrescentar uma coisa mais difícil de explicar. Sabemos que Cuendet vivia de uma parte do produto de seus roubos.

– Ele gastava tão pouco!

– Exatamente. É possível e mesmo provável que sentisse uma necessidade de segurança, a necessidade de saber que possuía um pé-de-meia à sua disposição. Eu não ficaria surpreso, porém, de que no caso dele um outro elemento desempenhasse um papel essencial.

"Durante semanas, como eu lhe disse, ele observava a vida de uma casa..."

– De que modo ele agia?

– Instalando-se num bistrô, onde passava horas

junto à vidraça, ou então alugando um quarto no prédio defronte, quando havia essa ocasião...

A idéia que já ocorrera a Maigret veio ao espírito de Éveline.

– O senhor acredita que, quando o conheci no La Régence...

– É provável. Ele não esperava que as casas estivessem desocupadas, que os moradores tivessem saído. Ao contrário! Esperava o retorno deles...

– Por quê?

– Um psicólogo ou um psiquiatra responderiam melhor que eu a essa pergunta. Teria a necessidade da sensação de perigo? Não estou tão certo. Veja, ele não se introduzia apenas numa moradia estranha, mas, de certo modo, na vida das pessoas. Chegava bem perto delas quando estavam dormindo na cama. Era um pouco como se, além de tomar-lhes as jóias, quisesse levar uma parte da sua intimidade...

– Até parece que o senhor não quer mal a ele.

Maigret sorriu e se contentou em murmurar:

– Não quero mal a ninguém. Adeus, senhorita. Não esqueça nada do que eu lhe disse, nenhuma palavra. Pense nelas com calma.

Apertou-lhe a mão, para a grande surpresa de Éveline, e Fumel imitou o comissário de um modo mais canhestro, como se estivesse agitado.

Já na escada o inspetor exclamou:

– É uma mulher extraordinária!

Ele teria mais um motivo para voltar ao bairro, mesmo quando todos tivessem esquecido Honoré Cuendet. Era uma coisa que não conseguia evitar: já estava envolvido com uma amante que lhe complicava a existência e faria um esforço para complicá-la ainda mais.

Fora, a neve começava a se amontoar nas calçadas.

– O que faço, chefe?

– Está com sono, não? Mas antes vamos tomar um trago.

Havia agora alguns fregueses na brasserie, onde um caixeiro-viajante copiava endereços de uma lista telefônica.

– Vocês a encontraram?

– Sim.

– Ela é gentil, não? O que vão beber?

– Para mim um grogue.

– Para mim também.

– Dois grogues!

– Hoje à tarde, depois que tiver dormido, redija o relatório.

– Devo falar da Rue Neuve-Saint-Pierre?

– Claro. E da sra. Wilton, que mora defronte ao Hotel Lambert. Cajou o convocará a seu gabinete para pedir detalhes.

– Ele me mandará investigar a srta. Schneider.

– E você, espero, nada encontrará a não ser roupas numa valise.

Apesar da sua admiração pelo comissário, Fumel estava inquieto e fumava nervosamente um cigarro.

– Compreendi o que o senhor disse a ela.

– A mãe de Honoré me disse: "– *Estou certa de que meu filho não me deixará sem nada*".

– Ela também me falou isso.

– Verá que o juiz não terá a menor vontade de levar esse caso adiante. Assim que ouvir falar dos Wilton...

Maigret bebeu o grogue em pequenos goles, pagou a conta e decidiu pegar um táxi para voltar à Polícia Judiciária.

– Quer carona até algum lugar?

– Não. Tenho um ônibus direto.

Será que Fumel, temendo que Éveline não tivesse compreendido bem, tinha a intenção de voltar à casa dela?

– A propósito, ainda estou sem entender a tal história da manta de pele. Continue investigando...

E, com as mãos nos bolsos, Maigret se dirigiu ao ponto de táxis na Place Constantin-Pecqueur, de onde avistou as janelas do inspetor Lognon.

CAPÍTULO VIII

No Quai des Orfèvres, todos estavam exaustos, tanto os inspetores como os homens detidos durante a noite. Testemunhas haviam sido buscadas a domicílio e achavam-se ali, por todos os cantos, mal despertas, de mau humor, importunando Joseph:

– Quando é que vão nos chamar?

E o que podia responder o velho bedel? Ele também não sabia.

O garçom da Brasserie Dauphine trazia mais uma vez uma bandeja com pães e café.

Assim que se instalou à sua mesa, o primeiro cuidado de Maigret foi ligar para Moers, que não estava menos ocupado, lá em cima, na Identidade Judiciária.

Fora feito o teste da parafina nas mãos dos quatro homens; ou seja, se um deles tivesse atirado com uma arma qualquer nos três ou quatro dias precedentes, pólvora incrustada seria encontrada na pele, mesmo se ele tivesse tomado a precaução de usar luvas.

– Tem os resultados?

– O laboratório acaba de me trazer.

– Qual dos quatro?

– O número três.

Maigret consultou a lista que tinha um número relacionado a cada nome. O nº 3 era Roger Stieb, refugiado tcheco que havia trabalhado um certo tempo na mesma fábrica que Joseph Raison, no Quai de Javel.

– O perito tem certeza?

– Absoluta.

– Nada nos outros três?

– Nada.

Stieb era um rapagão louro que, durante a noite, se mostrara o mais dócil de todos e que, ainda há pouco, diante da insistência de Torrence, olhava o inspetor com fleuma como se não compreendesse uma só palavra de francês.

No entanto, era o pistoleiro da quadrilha, encarregado de proteger a fuga dos assaltantes.

O outro, Loubières, um homem atarracado, musculoso e peludo, originário de Fécamp, tinha uma oficina de carros em Puteaux. Era casado, pai de dois filhos, e toda uma equipe de especialistas estava revistando o estabelecimento.

Na casa de René Lussac, a revista não dera em nada, como tampouco na casa de campo de Rosalie.

De todos, ela era a mais barulhenta, e Maigret ouvia seus gritos ao ser interrogada por Lucas, embora estivesse duas salas adiante.

Haviam começado as acareações. Os dois garçons de café, intimidados, não ousavam ser muito categóricos, mas acreditavam reconhecer Fernand como o freguês que se achava na brasserie no momento do assalto.

– É certo que pegaram toda a quadrilha? – eles perguntaram antes da acareação.

Responderam-lhes que sim, ainda que não fosse exatamente a verdade. Faltava um cúmplice, o que conduzia o carro e sobre o qual não se possuía nenhum indício.

Esse, como sempre, devia ser um ás do volante, mas provavelmente não passava de um comparsa.

– Alô!... Sim, sr. procurador... A coisa está progredindo... Sabemos quem atirou: chama-se Stieb... Ele nega, sim... Vai negar até o fim... Todos vão negar...

Exceto a pobre sra. Lussac, que, na sua casa, cuidando do bebê na companhia da assistente social, continuava arrasada.

Maigret tinha dificuldade de manter as pálpebras abertas, e o grogue do La Régence não adiantara nada. Resolveu pegar, no armário, a garrafa de conhaque que reservava para as grandes ocasiões e, não sem hesitação, tomou um gole.

– Alô!... Ainda não, sr. juiz...

Havia duas ligações para ele ao mesmo tempo, e eram dez e vinte da manhã quando enfim recebeu o telefonema que esperava, procedente de Puteaux.

– Encontramos, chefe.

– Tudo?

– Não falta nem uma nota.

A polícia havia deixado os jornais anunciarem que o banco conhecia os números de série das notas roubadas. Era falso. Mas a mentira impediu que os gângsteres pusessem o dinheiro em circulação. Eles esperavam o momento de fazer escoar as notas no interior do país ou no estrangeiro; Fernand era bastante inteligente para não se apressar e para impedir seus homens de deixar a cidade enquanto o inquérito estava no auge.

– Onde?

– No estofamento de um carro velho. A mãe de Loubières, que é uma mulher esperta, não largava o nosso pé...

– Ela parece estar sabendo?

– É o que eu acho. Revistamos os carros um por um. Chegamos até a retirar alguns assentos. Por fim, achamos o pacote!

– Não esqueça de fazer a sra. Loubières assinar.

– Ela se recusa. Eu tentei.

– Então consiga testemunhas.

– Foi o que fiz.

Para Maigret, o assunto estava encerrado, ou quase. Não tinham necessidade dele para interrogar as testemunhas e proceder às acareações. Estas se estenderiam por várias horas.

Feito isso, cada um dos inspetores redigiria o seu relatório. E caberia a ele, pessoalmente, estabelecer um relatório geral.

– Ligue-me para o procurador Dupont d'Hastier, por favor.

E, um instante depois:

– O dinheiro foi recuperado.

– A maleta também?

Era querer demais. Por que não, também, com impressões digitais bem nítidas?

– A maleta está flutuando em alguma parte do Sena ou foi queimada em algum forno.

– Na casa de quem foi descoberto o dinheiro?

– Do dono da oficina.

– O que ele disse?

– Por enquanto nada. Ainda não falamos com ele.

– Cuide para que o advogado dele esteja presente. Não quero contestações nem, mais tarde, disputas de audiência.

Quando os corredores finalmente se esvaziassem, os quatro homens seriam levados à prisão provisória, Rosalie também – não na mesma peça –, e ali, completamente nus, seriam submetidos à antropometria. Para dois deles, pelo menos, não era uma experiência nova.

Provavelmente dormiriam numa cela no andar térreo do Quai, pois o juiz de instrução faria questão de vê-los na manhã seguinte antes de serem levados ao presídio da Santé.

O caso demoraria vários meses para chegar ao tribunal e, até lá, outras quadrilhas teriam tempo de se formar, da mesma maneira, por razões que não diziam respeito ao comissário.

Ele empurrou uma porta, depois outra, encontrou Lucas diante de uma máquina de escrever, batendo com dois dedos, diante de uma Rosalie que andava para lá e para cá, com as mãos na cintura.

– Ah, aí está! Foi você, eu sei! Está contente, não? A idéia de que Fernand estivesse em liberdade não o deixava dormir e deu um jeito de pegá-lo. E também não se envergonha de culpar uma mulher, esquecendo que um tempo atrás veio beber um trago no meu bar e não se incomodou quando lhe passei informações...

Era a única a não ter sono, a conservar a energia inalterada.

– E faz isso de propósito, para me humilhar, colocando-me nas mãos do menor dos seus inspetores... Homens assim eu desprezo...

Ele não respondeu, piscou o olho em direção a Lucas.

– Vou me deitar por uma ou duas horas. Encontraram o dinheiro.

– O quê? – ela berrou.

– Não a deixe sozinha. Chame alguém para lhe fazer companhia, um bem forte, se ela não se comportar, e se instale na minha mesa.

– Certo, chefe.

Uma radiopatrulha o levou de volta para casa. O pátio estava cheio delas, com o estado de mobilização geral desde a véspera.

– Espero que descanse – disse-lhe a mulher, preparando a cama. – A que horas quer que eu chame?

– Meio-dia e trinta.

– Tão cedo?

Ele não teve a coragem de tomar um banho em seguida. Faria isso depois de dormir. Começava a relaxar, com a cabeça quente ainda, quando o telefone tocou.

Estendeu o braço, grunhiu:

– Maigret, sim...

– Aqui é Fumel, sr. comissário...

– Ah, desculpe. Eu estava começando a adormecer. Onde está?

– Na Rue Marbeuf.

– Diga.

– Tenho novidades. A respeito da manta.

– Encontrou?

– Não. Duvido que algum dia a encontremos. Mas ela existiu. O frentista da Rue Marbeuf foi categórico. Reparou nela ainda uma semana atrás.

– Por que razão reparou?

– Porque é raro ver uma manta, sobretudo de pele, no assento de um carro esportivo...

– Quando ele a viu a última vez?

– Não chegou a precisar, mas afirma que não faz muito. Talvez dois ou três dias. Quando o Wilton filho veio encher o tanque, ela não estava mais.

– Ponha isso no relatório.

– O que vai acontecer, na sua opinião?

Maigret, que tinha pressa de terminar, se contentou em dizer:

– Nada!

E desligou. Ele tinha necessidade de sono. Aliás, estava quase certo de que não se enganava.

Não aconteceria nada!

Imaginou o ar de surpresa do juiz de instrução, se Maigret tivesse ido dizer a ele:

– Honoré Cuendet, na noite de sexta para sábado, por volta de uma da madrugada, penetrou na mansão de Florence Wilton, em solteira Lenoir, na Rue Neuve-Saint-Pierre.

– Como sabe?

– Porque ele vigiava a casa havia cinco semanas, de um quarto do Hotel Lambert.

– Só porque um homem aluga um quarto num hotel suspeito, está concluindo que...

– Não se trata de um homem qualquer, mas de Honoré Cuendet, que há trinta anos...

Ele descreveria o procedimento de Cuendet.

– Já o pegou em flagrante?

Maigret seria obrigado a confessar que não.

– Ele tinha as chaves da mansão?

– Não.

– Tinha cúmplices no local?

– É pouco provável.

– E a sra. Wilton estava em casa, assim como seus empregados?

– Cuendet nunca entrava em casas desocupadas.

– Está afirmando que essa mulher...

– Não ela. Seu amante.

– Como sabe que ela tem um amante?

– Por uma prostituta chamada Olga, que também mora no prédio defronte.

– Ela os viu juntos na cama?

– Ela viu o carro.

– E quem é esse amante?

– O filho de Wilton.

As imagens ficavam um pouco incoerentes, pois Maigret via o juiz fazendo chacota, o que não combinava com seu caráter.

– Está insinuando que essa mulher e seu genro...

– O pai e a nora também...

Ele contaria a história de Lida, que fora amante do pai depois de ter casado com o filho.

Vejamos! Será que coisas como essas são possíveis? Será que um magistrado sério, pertencente à melhor burguesia de Paris, poderia por um só instante admitir...

– Espero que tenha outras provas.

– Sim, sr. juiz...

Ele devia dormir, pois via a si mesmo tirando do bolso um saquinho de papel no qual se achavam dois fios quase imperceptíveis.

– O que é isso?

– Pêlos, sr. juiz.

Mais uma indicação de que era um sonho, de que só podia ser um sonho – o magistrado pronunciava, desta vez:

– Pêlos de quê?

– De gato selvagem.

– Por que selvagem?

– Porque a capa do assento, no carro, era de gato selvagem. Cuendet, pela primeira vez após uma longa carreira, deve ter feito algum ruído, derrubou um objeto, revelou sua presença e foi agredido.

"Os amantes não podiam chamar a polícia sem que..."

Sem que o quê? Suas idéias já não eram muito claras. Sem que Stuart Wilton soubesse o que se passava, evidentemente. E Stuart Wilton era a grana...

Nem Florence nem seu amante conheciam esse desconhecido que se introduzira no quarto. Não era uma boa precaução desfigurá-lo?

Ele sangrara muito, obrigando o casal a limpar tudo...

Depois, no carro, também sujara a capa do assento...

– Compreenda, sr. juiz...

Ele se via ali, embaraçado, com os dois pêlos.

– Em primeiro lugar, quem lhe disse que são pêlos de gato selvagem?

– Um perito.

– E um outro perito virá zombar dele no tribunal, afirmando que são pêlos de algum outro bicho...

O juiz tinha razão. É o que aconteceria. Haveria gargalhadas.

E o advogado aproveitaria para tripudiar:

– Sejamos sérios, senhores... O que trazem para nos acusar?... Dois pêlos...

Claro que as coisas poderiam se passar de outro modo. Maigret, por exemplo, bateria à porta de Florence Wilton. Faria perguntas a ela, bisbilhotaria a casa, interrogaria os empregados.

Também teria uma longa conversa, no silêncio do seu escritório, com o jovem Wilton.

Só que tudo isso não era regulamentar.

– Basta, Maigret. Esqueça essas fantasias e leve embora esses pêlos...

Aliás, ele estava se lixando para esses pêlos. Já não havia dado uma piscadela de olho a Fumel, umas horas antes?

O inspetor dos amores infelizes teria melhor sorte com Éveline do que com as outras mulheres?

Em todo caso, a velha da Rue Mouffetard não se enganara:

– Conheço meu filho... Estou certa de que não me deixará sem nada...

Quanto dinheiro havia na...?

Maigret dormia profundamente.

É o que nunca se saberá.

Noland (Vaud), 23 de janeiro de 1961.

LOPÆDIA é a nova série da L&PM Pocket, que traz livros de referência com conteúdo acessível, útil e na medida certa. São temas universais, escritos por especialistas de forma compreensível e descomplicada.

PRIMEIROS LANÇAMENTOS: **A crise de 1929**, Bernard Gazier – **Budismo**, Claude B. Levenson – **Cleópatra**, Christian-Georges Schwentzel – **Cruzadas**, Cécile Morrisson – **Geração Beat**, Claudio Willer – **Império Romano**, Patrick Le Roux – **Revolução Francesa**, Frédéric Bluche, Stéphane Rials e Jean Tulard – **Santos Dumont**, Alcy Cheuiche – **Sigmund Freud**, Edson Sousa e Paulo Endo – **Economia: 100 palavras-chave**, Jean-Paul Betbèze – **Acupuntura**, Madeleine Fiévet-Izard, Madeleine J. Guillaume e Jean-Claude de Tymowski – **Alexandre, o grande**, Pierre Briant – **Cabala**, Roland Goetschel – **Capitalismo**, Claude Jessua – **Egito Antigo**, Sophie Desplancques – **Escrita chinesa**, Viviane Alleton – **Existencialismo**, Jacques Colette – **Guerra Civil Americana**, Farid Ameur – **História de Paris**, Yvan Combeau – **Impressionistas**, Dominique Lobstein – **Islã**, Paul Balta – **Jesus**, Charles Perrot – **Marxismo**, Henri Lefebvre – **Mitologia grega**, Pierre Grimal – **Nietzsche**, Jean Granier – **Tragédias gregas**, Pascal Thiercy – **Vinho**, Jean-François Gautier

L&PM POCKET **ENCYCLOPÆDIA**

Conhecimento na medida certa